看似很美，其實是壞掉的

馬欣——著

目次

輯三 爲何愈相處卻愈感到孤獨？

輯四
不斷想逃離自己，他方永遠無法抵達

輯五
那些物換星移，只是恰恰發生

輯六

在自己與另一種可能之間

後記

於是你逐漸知道，
是日子，
它就帶有刀子。

輯一

臉是新神祇

「恐懼」很好吃嗎？

他相信是的，

不然怎麼嗅得到他有與人不同的味道。

在欲望的人間罐頭裡有雙死魚眼

他對兒時的記憶都有幾分像在作夢。

比方回顧童年時，他比較記得的是菜市場的魚眼睛。在早市喧譁的人聲中，他緊拉著母親的衣角。左顧右盼的，都記得那剛死且似乎仍鮮活的魚眼正在看著他，像在預告什麼。周圍濕氣與腥味都重，味道濃烈地包圍那時矮小的他，身高幾乎跟魚攤只差五公分的高度，他與它某種程度在「獨處」著。

他同時也覺得母親的眼睛有點像「魚眼睛」。遇上家人的指責時，母親那雙變成像魚眼睛的瞳孔，似乎又要再一次接受被宰殺的命運。當然他母親那時沒死，雖然他總有這個疑慮。

他仍記得當晚桌上那條炸過的魚，並不是早晨與他「交會」的魚。但那似乎仍留有死前一刻回憶的眼正盯著他，他是全桌唯一能感受到「它」的人嗎？爺爺瞬間就把那魚眼珠挑出來吃，吃得彈牙有勁，還發出了嚼動的聲響，「懂魚的人才吃這裡。」「是因為還留有死前的記憶嗎？」他聽著爺爺說那「記憶」的香醇味。

自然，他從那魚眼珠裡只看到驚懼的神色，「恐懼」很好吃嗎？他相信是的，不然同學怎麼都嗅得到他有與人不同的味道。被同學嘲弄時，他回想自己出門前衣著與外表都檢查過的，連母親為他準備的便當都刻意少帶了，因為那裡面都有母親醃漬的菜物，打開時的氣味特別嗆濃。

曾經他以為是因為那些醃漬的菜讓他被同學盯上，與母親在家裡散發的氣味一樣。洗到起毛的衣物總有種醬油味或是抽油煙機的殘存氣味，或者也是母親早沾染了他們家那棟老舊公寓的氣味，化成那瀝青色的一角，有著長年的醃菜味與壁癌才有的特殊濕氣味道。

他們家總有著像泡過水的厚紙板的氣息，或是他爺爺與父親的長年汗衫氣味。那屋子像誰的沾黏口腔，他母親是裡面的獵物，如吃到一半的榨菜，或是還留有花色睡衣一角的殘餘品。

他母親是失神的勤勉，即使再勤勉地拜神也一樣，她仍是那口腔中醃漬菜物的一部分。總是被帶在母親身邊的他，總懷疑自己是否也沾染了那屬於獵物的氣味，與狩獵者大食量的口腔分泌物氣味，讓他體內某部分發臭。

老公寓的浴室即便清了黴，仍有一種特別的水管味，與外面的大雨成為一體，讓他洗澡時也覺得整個屋子是有綠黴斑的。母親與他是共生體，也是這屋子裡的兩個懷懶男人呸出來的濁膩，中間有點魚渣與骨頭的腥氣。

是了，他那時是帶了家裡的腥氣來到學校了吧。同學愈取笑他眼下的地瓜形狀的胎記、愈取笑他隨身帶的手機型號與用品，他愈覺得他是他們家流出來的綠色膿液，與母親被吸附在家中男子形成的結界之中，成為一疱狀物。母親看似是逃不出去了，她總被吸收到更深處，像屋中的殘影也像後陽台堆放的陳年大型包裹。

落了塵灰，只剩下那雙魚眼睛還在跟他求救，或是在警告他遠離。

同學王大頭一如既往大肆掀翻他的書包，如同他夢中一樣，只是被全班譏笑到雙耳刺痛感不同。他如同潛進深海的魚，盡量忘記人類是如何呼吸的，或是忘記他根本就是人類的一員。

他那身體有如被誰吐出的魚刺感再次出現，他覺得是自己的腥臭味吸引到獵捕者。這個念頭讓他身體更加發燙到刺痛，以為是魚鉤戳進身體的熱氣充滿他全身，隨著班上笑聲忽遠忽近，下課的十分鐘是他這隻深海魚被拉上岸的時間。他總垂死掙扎著，與不同物種的東西身處在一起的掙扎。他的心裡驚濤巨浪，一定是他以為藏在幾萬哩的深海中的臭味讓他被選中了。

如同那天早市被釣上的那條深海魚，它是看到了人間的什麼，讓它這麼害怕，遂成爲害怕的本身，被他爺爺嚼出汁來，混著他爺爺餐前吃的檳榔紅汁咬著，在齒縫間，他彷彿看到那條魚還在看他，像是以前在海中見過他一樣。

一定是沒躲好，讓那條魚平白成了他爺爺口中的祭品。他如今被王大頭拍著頭，益發大力的。他看到王大頭抖出的物件裡有他早上因過敏擤過的衛生紙，一坨坨的他都有拿塑膠袋包好，但掉出來時他自己都覺得臭烘烘的，就像魚要下鍋前的腥氣，那早上陽光曬過的溫熱臭氣。如今那陽光也曬在他身上，讓他深知死魚是怎麼由內而外地臭。

而王大頭正指著他的額頭罵他既醜又髒。他看到王大頭巨大的口腔與黏液，那需要水分的大舌與他爺爺的那麼像，他成了王大頭口中的一尾活物，他只睜著他那「魚眼睛」看著班上笑他的人。上課鈴響，他像條臭魚乾被同學們給吐了出來。在陽光下比海底冷，他想。

這臭物或死物往往又躺在他們家的餐桌上，應該是那天沒吃完的半條魚，早就沒有家中大人認爲是珍品的「魚眼珠」，母親才可以吃多一點魚尾的肉，她瘦且長斑的手臂伸出，吃著那些殘餘的肉，像吃著同類一樣沒表情。

「如果他是生在水族館就好了，至少殘酷得有秩序也不容許擁有過自由的回憶。」

他看著母親還帶著驚懼的眼這樣想著。那日母親又無故被父親揍了，或許有所謂的「原因」，或是食物鏈下面的人不需要有被揍的原因？那天稍早在黃昏的光線中，母親從菜市場那端向他走來，她的身影稀稀疏疏的，瘦得比影子還纖細，手上提的是黃昏魚市賣剩的魚與大包地瓜。家中菜錢又縮減了？母親像從遠方又像是菜市沿著路徑走來，卻不是前往稱之為「家」的路上。

她定格地站在蛋糕店前，看著剛出爐的熱香與女學生們排隊身影。她轉往雞蛋糕的攤子，買了一包半冷的吃著。他看著她大口咀嚼，生怕延誤了做飯的時間。她的腮幫子鼓得跟手提的魚一樣，但此時眼神已經不太像魚了，袋子中的魚還在望著誰似的，她沒有在望向誰，她被時間吃得七七八八了，而時間的吃相難看，如她嘴邊上有雞蛋糕的碎渣。

吃的不是歡喜，也不是甜香，吃的是大把大把的還有什麼。

那條菜市的路還濕淋淋的，不知是雨氣還是菜汁，各種氣息在橙色的黃昏裡蒸騰。他覺得母親失去了遠洋的記憶，只剩下魚眼睛是記憶的尾巴，卻被家人吃得滋滋的香，都吸光了剩下兩瓣尾巴堅硬的，游不回去的記憶。曾與他共同困在家裡黏厚的苔中的人不見了，她僅有的靈魂像果汁冰棒一樣被家中父執輩吸出甜水來，他也沾了一身的黏，是夏季的黏，也是記憶中蔭在家裡蔓生的黏。

那天黃昏，他迎上她與她一同回家，他往後移了一步，看著母親前往之地。那裡是沒有什麼的存在，是這人間的一水窪。他們一家人像張開魚嘴在那裡密集開合著欲望，看不到自己魚眼地搶食著。那裡是什麼都吃光了。只剩下他還睜著那雙剛撈捕上來的魚眼睛，死死地幫誰記得了什麼。

以仍記得什麼的樣子，從大海的方向望著水族箱裡的生物，「啊，原來是人類啊。」此時的他，回味魚的最後一刻這樣想。

她堅固著，不動如山，
如此才方便內在的傾洩如注。

走在井之中——一個悲傷都無能的人

自從最重要的人離世後，A覺得自己走在一個井裡。升起的月像倒過來的，她每走一步都只是見證她沒有走，外面的世界發生各種事情，等到傳到她耳裡都像隔水傳話。

她與這世界隔了層螢幕保護程式。天上轟隆雷響只爲轟隆、他人碎嘴的僅是麻雀的聲音、吃進的肉是更加速的咀嚼、日子走的是天氣的分辨。她像個逗點被放在聚餐的餐桌上，也像個冒號獨自吐泡泡般失語著。

人們可能不知道她此時正外掛在這世界之外，只有她感受到自己的井上有河，只是流不下來，但那碰巧正是她的眼淚。她看了很多電影、聽別人淚訴的事。有人告訴她某齣劇有多好哭，她嘗試著留神自己眼角的濕氣，但她的心是怎麼擠都擠不出來。

她的那口井上有一條河，她看得到自己的眼淚就流在裡面，但她擠不出來。她甚至羨慕能在戲院中哭泣的人。「是不是累積的眼淚太滔滔了，它無法從我眼睛裡流出來。」眼淚不知在哪個時空蒸發掉了。但她的井裡明明是濕漉漉的，而圍繞她的都像是台北沒日沒夜的雨水。

她的眼淚還在那條天上河裡，她只好蹲坐在井底，感受著外面梅雨季的聲音。她頭上的河不知不覺遂掉下了一滴水來。

好在還有眼淚啊，她這樣驚異地看著那滴水。好似是她的身外之物了。剛剛是什麼念頭讓頂上的河突然漏雨了呢？她每日在井裡圓周狀地走，處理著待辦事項，讓別人都沒發現她其實已停擺了。

但她就是如此停擺了大半年，像老的瓦斯爐燃不起火來，只留下點青焰，需要用瓦斯槍助燃。她偶爾歡呼自己這樣也可以運轉。還沒有「廢」到骨子裡吧。她顯得更勤勞了，儘管「廢」像黴漬一直蔭開來，像井裡才有的黏稠物。（那該是很久以前就累積的吧？）她腦子也長黴了一樣，不想去想地貼上了封條，腦子裡的小人今日能活動的區域又變小了。

那種荒廢，像是被遺忘的境地，離她的日子很遠，卻在她人生的正中央。

直到有朋友說：「我覺得你封閉了你的情感。」那天晚上夜露很重，她還在愁著明日的待辦事項，自從她的日子像是在井底行進後，她反而急躁了，每一步都踏得用力，只因太多的無謂。朋友的那句話像是有人劇烈搖晃了一下瓶中浪。明明有什麼將要把自己給席捲走了，自己仍在想著明天的瑣事。

對，就像活在井裡一樣。上次蹲在井裡好像是她失戀，那時上頭並沒有河，沒有可聽得到的眼淚。那次失戀只是像她自己照了一次鏡子，原來讓她失戀的並不是對方，而是想昏眩的那個自己——想跑到大峽谷，只綁著一根繩子就高空彈掉的自己。

但她本質還是這麼謹慎，儘管起居空間雜物都堆放得沒章法。但她的內心每天仍在整理各種瑣碎，像碎渣子的心事放在那裡就無法分解。一些重要的細節就收進內袋，並把對自己不滿意的部分折疊起來塞緊。至於自尊心則像個已軟爛的番茄，看似不新鮮了但硬要冷藏保存。

她其實從小面對外在世界就很像是日日高空彈跳了，她出門像是出遠門，她見人時需要情緒微調。而她的零件沒有一日是帶齊了的。她自覺只像是個比較舊型款的機器人。

那樣像仿生人的孤單感，與像懸浮氣球飄在上空的心事，讓她看電影與故事裡那有心的機器人，都格外感傷，因爲她知道自己格格不入，且沒有一格是歷經歲月而能澈底圓滑的。

原來那位最重要的人還在時，她就像一笨拙的機器人還珍惜著一朵玫瑰一樣，因爲那人而知道天空萬里無雲，也因對方知道立地就能安居。

那位是她母親，她小時候發誓要保護的人，雖然多數時候是母親在保護她。她與母親曾經度過一段苦日子，兩人都發誓要當個獨立自主的女人。身爲女人該是怎樣她不想知道，那一題有太多的眉角，她只想知道要獨自活得專心得付出什麼代價。

她想在大世界裡搭好她的小世界，而那小世界需要很專注才能排除雜音。

自從童年有老師說她有自閉症後，她益發覺得她的運轉要先加好機油才能上課，不然微笑會卡卡的，說到重點時會掉不出字來。她不知道自己哪裡沒調好，只好一路拼裝了些知識當鋼鐵，混入這髒髒霧霧的人際水盆裡，貌似無畏地晃流在人群之中。

後來她說懷疑自己有自閉症，她的朋友都說不可能。對啊！理論上怎麼可能是呢。但她更需要「是」這個答案，不然她何以在旁觀這世界時，是如此與自己無關地專注又感傷著。

原本一切都還好，即便她母親生病，她都覺得堅強的母親是自己自主的遠程目標。

母親的美貌讓她的人生走了冤枉路，也讓她失去自由。身爲女兒的想接棒這自由的目標，當母親人生的續集，證實女人可以有像她這樣奇形怪狀的。母親的存在是她下雨天要帶的傘、是怯懦時要喊的「法號」、是漫長海岸線依傍的大海聲。她嚮往給母親看到一個可以更自由的女生。

但在一切都沒做到前，母親便走了。原定的游標就變得不太準確，於是原本童年時藏身的「那口井」又出現了。好在她喜歡稀微之光，與將天空剪裁收放的小世界。她雖一如既往地出現在人前，並發出更多表情符號，但益發像個舊版的機器人，收到的雜訊比情緒還多，或是雜訊跟情緒都是無法分解的「待處理」。

她堅固著，不動如山，如此才方便內在的傾洩如注。她充其量只能為自己的空心標注一滴眼淚。

一切都好像練習得很好，因她這個年齡沒有理由不練習好。但她的一顆心擱在日子之外，總沒能跟上每天的進度，從心底廢棄的氣味日日蒸騰著。有過重大失去的人，有著無法眞正跨越過去的「那一天」，只好以偌大的空白塞進明日的進度。

她意識到，長年荒置可能不只是因失去了重要的人。

那天提醒她封閉了內在的朋友，送了她一顆石頭，她握在手中清涼，彷彿世界因泛潮又掀起了一角（對她而言，世界就是反覆粉刷的牆壁，眞相只會露出一點邊角）。

她拿著那塊發出螢光的小石頭，想著自己可以如它，若能定在何處，便是最好的境地。

朋友日後問她好一點沒，她仍想著朋友在那個雨夜點破了她的那個眞相。她努力工作是爲擱置，而她的「廢」是覺得是自己值得受處罰。

如同很久以前，她曾認爲自己是母親忍受那段婚姻的關鍵點。

有一日，她井上的河終於變成了海，任其淚水在窗外傾灌而下。在自己身處的荒井之中，她持續向上前進，每走一步都好像是回應自己身後的漩渦。有時她在想：究竟是失去了最重要的人，還是因此撿回了自己一小碎片。

她那頭上未歇的雨，持續在下著，無聲地下進了遠方的海洋裡，像三月的細雨一樣，沒有太大的動靜。她歷經了近一年的原地長征，終於在那口井裡，抬頭望向了廣大的天空。還不能出去。她想著：等著再下一場雨，機器人或許就能內建好自己的那朵玫瑰了。

如果每一刻都在遠離自己，
那麼要逃到多遠才是安全的呢？

一個愛笑的女孩與她的巨大黑洞

在熟悉的小酒館總會遇到她，一開始聊天是因爲節日的熱鬧氣氛，後來習慣聊上幾句則是因爲發現那女孩每隔一段時間就會換一浮木來抓。有時是一旅行目標、有時是一還沒愛上的男人、有時是一心靈成長課程。

彷彿她內心有一個漩渦，只要一不抓緊，就會捲進去更內在的黑洞裡。那樣跟地心引力一樣有著拉力的黑洞，讓我想著她下次得要趕快去抓什麼再丟進去，才能聽到一聲撲通，印證那裡是一深潭，而非無法丈量的黑洞。

人們一開始認爲女孩健談開朗，因她笑得多且宏亮。即便夜深，她仍有著啦啦隊似的活力，可以貪杯，也有大把青春柴火一口氣燃到黎明。她的膚色是麥芽色，笑起來有幾分孩子氣。

她盡全力「健康」著，彷彿只差一線，活力就會咻的一聲，如氣球被戳一下就漏氣飛竄而打回原形。

眞正注意起她的原因，是因爲她無休無止地看著各類金句書，從《超譯尼采》，到各種如何不討厭自己的雞湯書。她畫著重點看著，又如都沒讀下一般，沒多久又換另一本勵志書，速度之快像要爲冬天加緊添上柴火。

有一次她說她想去印度，想去體會修行的感覺。她當時在兩個男人間周旋，但哪個都不是她愛的。從無解也無謂的感情關係，聊到想去恆河來一趟心靈之旅。那時她面前又放了另一本勸人重新站起的書。那天她菸抽的是姿勢，她想去的地方則是能脫胎換骨的傳說。

像隨時都想擦掉舊我般塗改著，又同時講出各知名電影片單，或是女權主義作者的金句，彷彿要爲自己標明座標，以免風一吹，那想大放光明的小燭光就要被吹滅了。

如活在大海的光點，黑暗總要撲將過去了。只好以一部更經典的電影，或烘焙，抑或是征服高山的心願，來閃躲當下。我聽著她每周如跑馬燈的願望，看著她塡充自己的驚人速度，如同她是一少了些棉絮的娃娃，不覺擔憂著這個總撲向下一刻的人。

她要跑去多遠，才能躲開掉那必須與之獨處的自己。這總要預約未來的女孩，甚至訂做了一張更好的臉，即便她原本已夠漂亮了。

她要向「未來」求償的急迫性從哪兒來呢？對過往的焦土戰又是從何時開始？幾番

搖搖欲墜，與她的壯盛青春是如此的反差，讓我恍然感到她有股自毀的衝動，比我手中的伏特加更濃烈，她多麼想證明自己活得有意義。

即便活著也像模仿活著的姿態；即便她內心總是夜幕低垂。

後來我隔了半年才再去酒吧，女孩跟我說，她經歷了一段大戰轟炸似的感情，愛上了一有婦之夫，她與他之間像主權的拉扯，卻又依賴著那人的箝制。她矛盾地想念對方管束，如同那是對方在乎自己的證明。

那些去遠方的修行心願已翻頁，她烈火焚身般想投入下一段戀情，找一段可以證明自己天生就被需要，且無條件被接受的關係，想藉此找一個愛自己的原因。

但她一旦有對象了，就如藤蔓要長滿，才感到不用再證明自己的存在。

她一開始要的就是千錘百鍊。

後來對友誼也如此，幾個朋友中，她渴望著自己是被關注的主角，人生的戰壕區最深、傷痕也最好不全的那個。如老兵記念著戰徽，她展示著人生的傷痕。如此這般，朋友也因她引以爲光榮的戰疤而逐漸遠離。

但她總能找到新朋友，啦啦隊的活力能引來目光，之後人們才會看到女孩自帶的無盡黑夜。

後來酒吧收了，我許久沒看到她，但每每想到那女孩，就聯想起我童年第一次看到月球荒涼地表的照片，第一個念頭是：「爲何要讓我看到月亮的眞貌。」

如果只記得那女孩洋娃娃的外表與愛笑的臉，像月亮忽遠忽近多好。如今，她又在哪裡有如黑洞一般發光著，或急急趕往下一刻。彷彿她的人生是南瓜車，能匆匆塗改了過去，急切奔往總有下一站的設定。

外表的加蓋，抑或以名作與名人相連來自我介紹，似是這個時代的主旋律。她如夏天的耶誕樹，心心念念的是一年一次插滿燈泡的亮光，卻全然忘記春夏秋的漫長。

如果每一刻都在遠離自己，那麼要逃到多遠才是安全的呢？

我因此又想到了月球，那無人知曉的內核，總跟潮汐相呼應，到不了的周而復始，是借光的代價。

都市是個適合自戀的地方，
只要你能一直盯著自己的幻影，
接受它的幻術。

以一人為單位，說走就走的「家」

女孩跟A說自己不喜歡回老家的原因。

女孩講著那靠漁港的小鎮，彷彿回去就會活在一個薄繭之中。「反正回去也不會有什麼新鮮事，我父親總是為了他幾個兄弟，繼承他自己都不愛的工廠。而我母親也始終活在婆婆的陰影下，跟我說個不停。」

她認為那跟孝不孝順無關，而是她父母都像是被繭給包圍住，始終活在二十年前的問題裡，絮叨著過往。她下意識地警覺，再不走，那繭的增生力會把他們一家人都困住。

於是這三年來，她極力活得像個原生台北人，過著與父母相反的日子。父母愈想務實，她愈往那看似相反象徵的「藝文圈」走。她幾乎是趕進度地撲向未來，看遍影展、排滿課程，談著昏天暗地的情感。她如同都市生活的食怪，想讓符號填滿生活空隙。她為此活得筋疲力竭，常常在投影機換成另一部新浪潮電影之際在光影中昏昏睡去。

她的「wanna be」貼滿與她父母的反義字，也投影在她身上，閃動著「不羈、流浪、自由」等字眼。滿盒展演與影展票根，外接各女性作家的作品，努力地把女權金句背起來。她看似已如此像個都市人，加碼過想像中的文青人生。但靠近一點看她又近乎透明的，閃耀著點霓虹的青藍色，因她骨子裡還是覺得自己只是「像」個文青，於是更努力地跑向前，跑向更可能或更死板的「文青想像」。

她近乎執拗地以反父母的地心引力過活著，於是看似浪漫極了的文藝生活，與看似夠吉普賽的家居與打扮，都掏空她的精力。但即便如此她還是覺得不夠，故鄉的陰影如影隨形，她得反覆從繭中逃出，卻盡力到像蝴蝶被黏上了城市欲望的蛛網。

從一個無盡循環中，逃進了都市的光影中。

A總忘了跟女孩說：在她心中的都市是個池塘，本身可能是不流動的，但它吸引人的地方是人總迷上池面上的自己，進而起舞著。都市是個適合自戀的地方，只要你能一直盯著自己的幻影，接受它的幻術。除非有一天夢醒了，發現自己是王子也是青蛙。

都市本質很像面鏡子，看到的是人對自己的投射。自我的評分不是大好就是大壞，因它的本體不是反映眞實，而是反映內心。想要的愈多，都市這夢體就愈壯大，它就是傳說中的食夢貘。讓人墜入其中，一起與它接近很眞實的幻象。

因此A不會是女孩的知心友人吧，因A是這老城的枕邊人，是這城市在一不小心打了個冷顫，翻個身碎念中，在那一秒的縫隙中出逃的一個意念。

A也在逃，像是不想回到那許多人攢鏡的鏡像世界。

但這城市仍以另一面吸引著她，如總是水漬未乾的淒清氣味、管線的外露、壁癌橫生、下水道的擁擠、小巷的排水不通。這老城是一個不成功的夢體，偶爾你會聽聞到它如老獸似的喘息。所有的機械聲日夜運轉著，它需要更多作夢的人來滋養齒輪，然而卻時時能見到它斑駁與人們夢醒後乾掉的遺跡。

在這個人口外移、剩下殘夢的城市，A這老台北人守著一屋齡老舊的大廈，外牆已拉皮，裡面則老舊得像個有機體。管理員在窄小的桌台後看老舊電視放著龍祥電影台的片子，裡面仍是多年前的周星馳電影，A在等電梯時幾乎背得出下一幕的台詞。初夏的陽光掃進來，公佈欄上一如多年前，你又看到貼著中秋郊遊與發老鼠藥的公告。

這是A自小長大的居所。那裡總有裝潢的噪音，水管鏽蝕到有時會有卡痰似的聲響。樓下總有學童在練口琴，不論是哪一個年代，總是要反覆練那幾首曲子，也總練得坑巴。

這樓老到鄰居也都少了，在某個周日的下午竟靜得出奇，以往小孩在樓梯間的歡笑聲早已淡去。A在想，如果不是六樓那位還有假日唱卡拉ok的興致，這棟樓就像被抽衛生紙般似的抽掉了光陰。水管又發出隆隆聲了，加壓馬達送不上熱水的聲音正悶響著。

A想，這城市的夢對那女孩或許還算新鮮。而A則將自己生根在這如有機體的大樓中，原因無他，只是在家人四散後，A和它也算是一種團圓的概念。

A與女孩都有繭，只是人生階段不同。如今A在繭裡別有洞天，而台北物換星移，每一眼都僅是似曾相識。

人有故鄉，但精神原鄉卻會不斷更換，此時A上網更新了軟體，在老舊的機器聲音中回到了二次元，那裡閃亮如昨。女孩暫時下載了「台北」，A則成了戴上可樂罐的寄居蟹。她們偶爾聚首，夢鄉都不在現世之中。

他活進了那群體的好夢裡，
終於存在於不存在之中。

臉是活動的廟宇，是新的神祇

自動販賣機一般不會賣什麼高價的東西，但我們喜歡那輕快的感覺。如今改張「臉」也這麼便利，雖然代價昂貴，但看起來像量產品。

有段時間那男孩總作著一種夢，像活在萬花筒裡，學校的一切都解構了。建築物如舊抹布那樣可以扭曲擰乾，所有的活動設施也如軟糖一般可以嚼爛吐出。而人呢，都像他在學校迴廊照鏡子一般，每個人都掛著笑臉。像貼上複製那樣。完美的、標準的笑容，是他無法維持三秒鐘以上的那種笑容。

夢中每個人的臉都變成戲院樓下那老式禮服店模特兒的臉、整形過又像東方又混成西方的那種臉，芭比臉加上東方的黑眼珠。

大家都長一樣美了，而且美得很安全，像有保固一樣，且像萬里長城一樣多的臉可選。那是可以被保送打破階級的護照、是可鮮豔出汁的美，也可以讓人想起夏威夷海灘的臉。如塑膠味般讓人安心，打進果汁機與衆美女一起攪拌，成為塑料世界的一員。跟群體共識很像，但是張比較美的臉。

好似被投票過的臉。

這就是美的宇宙了，是混著化學味的合成品，與大老遠煙囪裡終年排放不完，沾到感官上洗不掉的霧霾美合而為一。內容不詳的、琳瑯滿目的、各種顏色的黏土揉在一起搭上手汗的味道，是如今統一世界的非自然的總和，總令人們賀爾蒙激發；像吃多合成劑的食物而變成共同體的美。

是人們逐臭的香，也是人類造的神的臉。基本上有大眾的樣子，卻是每個人總覺得差了分毫的臉。

有朝一日它就可回收、可重組。夢中他也送給自己這樣的臉了。

「臉的店」裡有二十張相似的臉，但他卻能發現其中的不同。他戴上了那張臉，彷彿又回到學校長廊上鏡子前，那處代表著恥辱之地，每次朝會時，他都能發現自己的臉與他人的不同。那張也不是醜，但就是沒通過自己認可，也沒有讓C同學愛上他的臉。

不如選張達成共識且投票過的美。那樣一張就可以代表一群人的美麗的臉皮。這樣就恰好不過了。

方便消耗一時激情的膜拜，又方便人們的賞味期。混著世間的嫉妒、羨慕或自我嫌惡的百種情緒，並順便一眼就一起沖刷掉的美。這樣統一過的臉，就沒有「美」這至高無上的東西來礙眼了。

咦，不知道嗎？如今的臉是拜物教的中心啊，一張掛著的臉皮子，類似通行證、悠遊卡，來擺脫自證未明的焦慮，無論廣告還是社群常常就是掛著這樣的臉皮跟人們溝通的。人們再也不驚訝有這麼多人美得相似，或是他們與過去只是「一筆勾消」。

他想，總要有一個起步，來認知「社會」對他而言，並不是一個玩不起的遊戲。

「若有了這樣群化的臉，做什麼事都可被群化一樣，有人會當自己的啦啦隊，就成爲一個行動的廟宇了，如今這社會就是靠著膜拜的熱情來運轉。」他這樣想著。

這樣的拼裝合體，上面掛著整形廣告招牌上的通用笑臉，像在夏天的游泳池，漸漸融入人們的意志裡。他與他們美得很像、拍起照來更像，彼此都前所未有地心安著。

他遂想起誰跟他說的：「有了臉以後，你在裡面除了彰顯它，就沒別的事情好忙的了。」他之後醒來也掛起了這樣的公約臉皮。一張合乎衆人濾鏡的臉，好看得正確，也就沒有自己是否及格的焦慮了。那張臉也讓他開始在網上張貼著某種夢想式的生活，小到食材擺放大到旅遊行程，一切合乎許多人的嚮往規格，像是信奉著經由同一模組生產的人生。

他活進了那群體的好夢裡，將學校裡那個無法跟他人對齊的自己，一把塞進了一張臉的空無裡，終於存在於不存在之中，順勢活進眾人的深眠裡，過著信徒般「忘我」的生活，幸福也假戲眞做地持續巡演。

用一張臉皮許一個夢，他終究不知自己是被魘著了還是心想事成，如童話〈小美人魚〉交換到了雙腿後，不知成全到的是自己，還是海上的泡沫。

如此這般，滿街滿眼滿滿可注視的，我們打了一個飽嗝，在那張公約數的臉皮後面取消了神的注視，世人仍嗚咽著，不知「這張臉」是盡頭，還是開始。

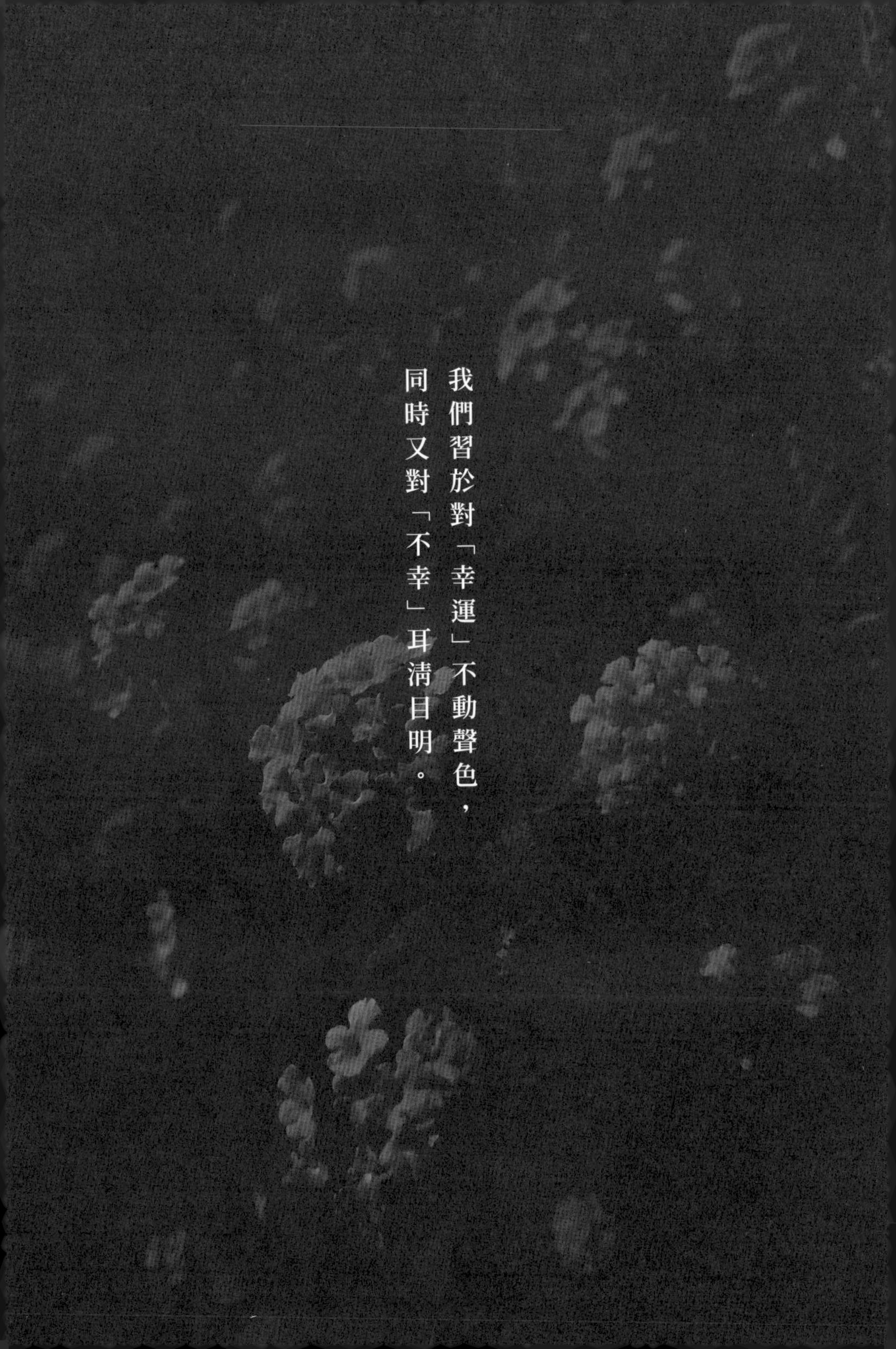

我們習於對「幸運」不動聲色，
同時又對「不幸」耳清目明。

祕密是香料是肉桂粉，沉默才是本質的女孩遊戲

不管祕密眞實與否，交換祕密總像是一種向純眞效忠的儀式。

我曾在一教會活動練習所謂「先知禱告」，那是種按在對方肩頭禱告，告訴對方腦海所浮現的畫面是什麼，藉此來顯現對方內在缺失的或正處於的狀態。

照理說這練習本身很像是下載神給的意念。不過那天是周五晚上，本就有著準備狂歡的氣息，我跟一群女孩在地下室練習如何當神明的天線，我們閉著眼睛看誰先接收到神的恩賜。周遭氣氛是雀躍的，彷彿等老師點到自己的學生般。隨即就有女孩中了頭彩，說著被她按著禱告的人的可能心事，她的臉紅撲撲的，如發現祕而不宣的寶藏。

現場變成交換祕密心事的集會。直到輪到按著我禱告的女孩時，她興奮地講出了她腦海浮現的窗簾花色，我抓不出她要表達什麼，但看著圍成一圈的女孩表情，似乎我們就是個「祕密聯盟」，因交換著「祕密」而成爲好友。

時空倏忽像回到了我初中的年代，「如果沒有祕密，女孩的友誼是否能看似這麼堅

固？」類似的念頭又閃回到我腦海。我遲疑了，現場氣氛驟冷，我只能含糊地說了：「對！」輕盈的笑聲才如罐頭掌聲回來了。

不管是什麼祕密，或祕密的真實與否，擁有的儀式感才是存活於社會或小組織的關鍵，這是我在女校感悟到的心得。

而唯有祕密中的祕密，才是從大圈圈縮化成的小圈圈。我依著自己臥底的本性，看著某個祕密被誇大，如陽光下的肥皂泡泡般不經琢磨，或被邀著一起去做件祕密的事情。比方我曾在午後的咖啡廳，在隔壁桌聽著朋友與交往對象的談判，依稀聽著關於誰墮胎、誰靈魂顏色泛出金光等話題，我的思緒飄到了老遠。

但我沒有祕密可以交換，我的祕密是個結晶體，必須有鎖來打開密室，所以我常像在那日「先知禱告」般被他人創造出了「新祕密」。似乎從十三歲女生分班開始，我就像跳著群舞，然後不知不覺跳到了外圈，如同我的祕密只是一次性的，無法再衍生出續集一般令大家掃興。

在女孩的國度中，總不乏對「神選者」的崇拜與貶抑。如同當年歐陽娜娜的爆紅，她帶起的是種人生能抽到大獎的幸運，具體做了什麼遠不及她沒做什麼來得光芒萬丈。女孩們因外貌之於社會的絕對性，會比男生更早感到「物競天擇」的挑戰，我們習於對

「幸運」不動聲色，同時又對「不幸」耳清目明。

起跑點的落差，讓「生存」成爲我們手上編織纏繞的小玩意，又成爲我們自知籌碼不足的先天導航。我們都善於作夢，無論我們多大歲數都會一再回返到那天「先知禱告」中的結盟默契，也會回到當年一群女孩在校園玩錢仙的狀態，心中懷疑著是誰正在推動著錢幣，往往大過於向神鬼預支了什麼的恐懼。

女生的夢都作得淺，但有它的周期與頻率。無論喜歡哪一個韓國歐巴，或是著迷哪種悲劇化的角色扮演，骨子裡都透有著一種冷清的鬧鐘體質，即便是常因看戲成爲哭包的人，都只是投射著自我的不圓滿而反芻著。我們太習慣交換祕密，如男人交換著菸的「結盟」儀式，以至於我們內在眞正的祕密如深海的鐵達尼號碎片，始終無法跟著日常輕飄飄的話語走去太遠。

這一切生存本能都是出自性別導航與生存自覺，無論是在同性間交換著星座認同、迷戀著某一種糕點的氛圍、看著隔壁座位女同學拿美工刀割腕的記憶，我們總是如此纖細又有莽原動物掙脫的敏銳。因爲我們總容易被記成是個統一的形象，如路過轉角的馬尾女孩、穿著女校制服的聖潔、某年夏天穿著白洋裝的約會複製。

我們清醒地作著社會給我們規範好的夢，如同音樂盒裡的娃娃，我們則伴舞在一成不變的社會腳本裡。

於是我們自己的夢總是爲了打破而再生，以交換著絮語的方式對立著社會給我們的設定。即便當了母親，也有另一種被認知的「群像」。女生仍不斷地同時在「以上皆是」和「以上皆非」之間矛盾著，因爲每個年代對於女生的形貌，總有「她」要如何才被認同的絕對指令。

人們總笑我們這性別有著狂熱的偶像夢，與隨時退燒的熱潮，但這也是我們在社會跳群舞中的假動作。我們時不時丟一把夢的障眼法，在安全範圍內對抗現實來場「逃脫」的超連結。就像增生在形象背後的加蓋自我。

我們愛作夢是眞，同時也是假動作，無非是更想在衆人對我們加諸的夢境中醒過來。所謂的「交換祕密」是聒噪也是日常，我們喧嚷著並談笑著瑣碎，來掩蓋我們這個性別所擁有的百年「沉默」。

那沉默如銅鐘擺晃晃盪盪的不能由己、如「祕密」是綁上蝴蝶結的輕盈、浮沉在湯上的蔥花渣子，與浮在奶泡上的肉桂粉。

在種種甜美之中，我們冷靜地看著這代代傳承的形象，是我們的，更像是來自於古老的不祥記憶。

我們不是一個少女，
也不眞曾是人們幻想過的少女，
而是塡充這世界整個少女娃娃的棉絮之一，
一坨坨軟綿綿的，人工與科學感的粉紅色。

我們正活在「少女祭」的時空

孵育少女的胚胎很多，不論老少都依照「少女」的樣子畫葫蘆，人工智慧機械也模擬著少女的樣子。影視作品賣不出去的時候，海報上就會增加逆光的少女。彷彿少女都在一大平原上，她們即將成形，即將挽救這個疲軟不舉的世界。

人們一次一次播放寶礦力運動飲料的廣告，因爲他們總能找到更陽光的少女。她們像很多人的芬多精，或是讓這世界再回放一次的機會。

這樣的新鮮，放在一個年老的社會，如同貼圖一般的掛著少女標誌，而整形的標籤價目都還沒拆掉。那些「少女的模樣」是她們的螢幕保護程式，像頭頂著一個金魚缸，身體仍在衰敗著。

這世界多麼迎接著幻象，如同我們躋身在滿是少女起跑的大草原上。而大叔們也在追尋著少女的形體，彷彿他們仍杵在當年正要離鄉的站牌前，母親仍爲他們熱好雞腿便當的那一刻。

大叔的月台總有班次要出發，總是放著早期如當年女偶像甜膩的音樂，唱著愛情的青春鳥兒飛走了。這樣虛無縹緲的歷史重現，即便身邊是個「僞少女」都無妨。

我們的精神也灌滿了少女的加強版，渾然不知日子衰敗一般。我們充氣著，一次一次地模仿青春再活一次，無論跨年、耶誕與各種節慶，少女那在彼岸草原哼歌的身影，仍在召喚著這一頭過勞的大人們。日常裡裝上瞳孔放大片、迷上下一波的偶像、看著新的甜寵劇，像進入迷幻程式裡重組。我們都成爲「集體少女」的一單位，過著「少女祭」的日子，爲著過動的世界而跳起啦啦隊舞，如同我們至今仍會爲了蛋糕而發出強烈到可回彈的尾音。

我們不是一個少女，也不眞會是人們幻想過的少女，而是塡充這世界整個少女娃娃的棉絮之一，一坨坨軟綿綿的，人工與科學感的粉紅色。或者我們就是這廣大少女拼圖中的一小塊，旁邊有一大塊是「林志玲」似的好姊姊笑容，或是很像「蔡依林」那樣芭比身段的拼圖。

我們一起做著大會操，再過去還有高嘉瑜委員五音不全但甜美的童音。我們好像都不是身爲一個「個體」才暢銷的，而是一起模仿同一種少女形象，成爲一巨大的看板，也成爲一個時代的意志，且是一場不切實際的逃遁。

誰都在裡面也都不是誰，甚至也不是物化了。而是我們活成了想像中的少女，拍出是枝裕和電影裡的透明感、po著綠蔭伴我行的露營日子；吃著樸實又昂貴的鍋烹煮的白飯，看著蒸氣說著好吃，彷彿嘗到了舌尖上的那點禪思。在我們露出吃到美食的笑容時，人們都因著那些大同小異的少女永恆而喝著熱騰騰的湯，並感到無限療癒。

千萬不要想著那如果不是粉嫩的少女在試菜，也並非是溫柔的母親的笑容。若加入了風霜的日常，或白燈泡下的浮腫成人微笑，只要一秒鐘，這樣眞實的風霜就會被掃下眼簾，一切又回到了少女初始綻放的笑容，如蓓蕾般的希望。

我常在想是什麼時候開始，我們的「少女」並不像是某個個體，而是一碗味噌湯熱熱的這麼抒懷。又是什麼時候開始，中年女生也借了「少女」的軀殼，甚至二刷了「青春期」，好像自己的少女期有什麼來不及的遺憾。而男人們又何時追尋著那永恆的少女，台灣的話就是《戀戀風塵》的辛樹芬又再起，那永遠側著頭在傾聽，很像日本的美女原節子那樣貞烈隱忍的模樣，既有母性如海的溫柔，又有著如芽剛冒出的嫩綠感。

當然是很久以前就是如此了，只是我們曾經過了一段「要做自己」的獨立時代。張曼玉、王菲、梅艷芳那樣夾帶著洋氣的姿態，像是舶來品，噴了好萊塢或英國的香氣；然而一旦可以縮回去，躲進「少女」在科幻小說中那永生的概念，或是可能藉由整形來包裝成一個「少女」時，一切又回到了上架式的單一思考了。

因為我們習慣上架式的美麗。我們對少女的想像力一下子就咻的漏了氣，少女要像很普通的少女，要美得很普通（甚至像另一個人的普通）。既可以模仿優渥生活的普通又可以打包、上架，且內在說明書不用下載的普通。

於是就像我們某一天醒來時，發現電視上、廣告裡、網紅群像、競選民代，甚至歌手與言情劇中，都是漂亮得很普通的少女，有著似曾相識的初戀感、百搭的笑容甜度，好像我們真的被某一種（只有一種）制式的少女給統一了。

就算有真的很美的少女，不知為何在掛上「千年一遇的美少女」的標示後也讓人索然無味，如同進了電玩的國度，進入那邊的統轄之中。至於我們曾經執迷的靈光乍現，可以先知曉腐敗的盛開都不存在了。

我們只是在玩一個接力的遊戲，你像我來我又像你，像得仿如商業的符號，在前方形成了一個巨大的「少女」宗教。不完全是伊藤潤二的「富江」可以不斷重生，但的確像個不具任何「身分認知」的狂生狂長，活在眾人的理想國，其實也小到像個盆栽一樣的地方。

這樣的「少女」形象，套用了可以賺錢，但它不屬於誰，它就像「夢奇地」裡的一整排陳列品，進入了無機地帶，在那裡安放著大小人們的「天真有價」。

輯二

看似很美，其實是壞掉的

我們忘記了忘記什麼，
既非活在當下，也非回眸，
我們只是靜靜地走入長夜裡。

我們披著科技的新衣，行著古老的巫術

掛在網路上久了，多半會發現同溫層是一個斑駁的意象，更多的時候像個待摳除的髒點，或是因潮濕而浸潤凸起的地板。它讓人想解除這有大片沃土與深淵的咒語，但同時又以爲那是一個很安全的小結界。

人啊，即便對自己都會有著如蛇蛻皮的衝動，更何況是網上這個想像爲「群體」的概念。

如果說同溫層是個蜂巢，也的確殘留著嗡嗡鳴叫聲，但有時它只是讓你發現某些和諧的假象正在漏水。當彼此牽制或暗示的時候多了些，你才恍然驚覺，是否只是把以前校園大會操、班級運動會，或是深植於自己的從屬記憶又再叫喚出來。

群體讓人感到溫暖，但這種暖像半溫的水，也像是海浪密集打來時的倏忽而逝，久了更多是碎浪與密室般的絮語。你開始有點換季過敏一般，以幾分眞心，又有幾分像交換名片，路過網上的各個鬧區。

你是個路人，或感夜露深重，於是有人召喚出一個火把的魔法，看著能吸引我們眼球的光亮，聽著不是曠野來的召喚，甚至不知爲何被吸了進去，再出來已是三小時之後。或者又接力了一個話題，滔滔不絕地隔水傳話著。

以臉書這網路舊社區來講，有的地方風光過後門可羅雀，有的地方則如夜市般嘈雜。人人接龍隨口一句，彷彿那處是「風水寶地」，有些人想路過沾光，也有看熱鬧的。當然也有地方像積怨已久之地，將五味雜陳的、有理無理的，都吸了進去，成爲風聲呼嘯的洞穴。

網路同溫層幾分像過往所謂王家莊、李家村的概念，或網紅就像王爺府般地坐落，隔壁挨著一堆依親者移到這無邊的國度來，大小議題在這裡滾燙，卻又冷卻得更快。彷彿不知從哪來的野風亂竄，敲打著許多人家的窗門。於是你看到村莊有幾戶的燈開始夜半亮起，聽聞著鄰人的耳語；也有些衝動派在午夜就加入了營隊，搖旗吶喊地衝向某「敵營」，一定要爭出個是非來。

當然也有人對這些鑼鼓喧天無感，像習於這樣滿是嗡鳴的安靜一般，在這躁動的聚落想像中睡去。明天看著又是新頭條，或是冷飯的接力。有時看著王家莊跟李家村雖吵得臉紅耳赤，但最後都被稀化成一午後雨，好像只是有人在街角倒了一盆髒水，留下不太清爽的油漬感。人們又紛紛帶開，各自爲了更活躍而活動著。

至於編織這聚落夢網的人則發了大財，在類似高塔上遙控著人們的聚與散。其實只要能讓人們重複表象安全的機制，多半能成爲經濟上的霸主，彷彿重複的節奏是當代進步的象徵。

而那種發條感，由社群共同維持著，無論是臉書的老式情歌發條，或是微博如猴子打鼓的快節奏（隨時集體出征或是去衝排行榜），抑或是 Instagram 跑馬燈式的給人安穩的催眠步驟，那些程式設定好有流速的發條感，讓我們就在裡面轉了一圈又一圈，彷彿完成了什麼，又隨即因空落落而跟著音樂想完成什麼。

現代生活是節奏構成的，大賣場的節奏、轉進小巷的節奏、滑進手機撲通的節奏。我們有效率地感到安穩，也偶爾像發條鬆脫一樣卡在手扶梯的行進中間，自感不上不下。

這城市植入了舞步的夢，那夢是深深淺淺的鼾聲，人們在這夢的管道裡上上下下，有秩序地排列。登入網後，我們繼續依照前方亮燈的指引，圍在燈塔的光源附近，隨著它的轉速，目光流連著那花火秀的表象，做出了歡呼與哀嘆。在這樣的秩序中，想感受身在群體中的無邊魔力，儘管可能只是一滴水掉進了海市蜃樓。

只是，很偶爾的時候，你看著那社群裡高聳的燈塔與它的光束，又感到自己幸好還在外海，未駛進那群聚之處。生物趨光，但在遠處看到光束中的大批螢蟲，竟不知那是美麗還是寂寞。

有時同溫層因一議題吵翻了，就會像壁紙被撕了一角，提醒你這是可撕碎的夢境，或是因怕散場而有的障眼法。游標雖指向一個出口，然已習慣這轉速的你我還沒有打算離開。

帶著沒被同化完成的 bug，聽著很多事一到同溫層就有同仇敵愾的暗示。這世界似乎深恐著清冷的回歸，於是將情緒的柴火不斷往裡面扔擲，無論對某人、某事，在網上總比現實裡激出更多的水花。這樣每個重要瞬間的標注，如煙花蓋過了夜的本身。我們忘記了忘記什麼，既非活在當下，也非回眸，我們只是靜靜地走入長夜裡。

聽著誰又拋擲了一串驚嘆號到井底的撲通，誰又吸引了有流量密碼的萬丈光芒。然後，很偶爾的，我們竟想自行鬆了發條，關上那音樂盒，假裝這世界並沒有感染了焦慮症，但僅僅是這樣想的一瞬間，你就被拋到了幾萬光年之外，那裡不只是清冷，還有著仍在練習著群體舞步的「自己」。

人不過如此，
活在前一天與明天的注定要崩壞，
那石頭的墜落明面是懲罰，
卻是最大的祝福。

ChatGPT啊，有什麼是枉然但很值得的幸福？

不知人生是從何時開始廢棄的，待他一抬起頭來已是滿目瘡痍。

但他自己沒有線索，那個壞掉之前的他，留在一個深井之中了無聲息。

或許是自小孤獨又不多話，我看人總習慣把人的影子也看了進去，看電影也常如作夢一般出神，因此有些角色的人生讓我在其中徘徊不去。

如早期的《遠離賭城》，裡面的尼可拉斯．凱吉從一開始就喝醉了，想要醉死自己的意志強烈。當時還年輕的我，總在想著他如此絕望前的希望是什麼。

希望與人，可能是鳥與樹的關係吧，雖不屬於彼此，但樹因有牠停駐，就不知不覺承擔了四季。

像電影《我的鯨魚老爸》那樣將自己胖成了密室，藉此來懲罰自己，似以另一種方式「與世隔絕」。社會咬不爛此人就吐出了他。這樣已不全然是怪胎了，而是將自己流放在陷落之境，最後連一點爬出「肉海」的力氣都沒有了。

學生時期讀卡繆的書，他認爲薛西弗斯雖絕望但是幸福的，我因此好奇地叩問自己的心：那有什麼明知是枉然但很值得的幸福。

看過這麼多中年危機片，如《醉好的時光》那最後一段舞，主角將絕望與希望一起跳了起來。或是早期的《東尼瀧谷》將自己活成一座碉堡，其實是廢棄的機器人，某日有蝴蝶（愛情）在他的世界翩翩起舞。蝴蝶走後，機器人就變成了一堆廢鐵。

這樣一點活的力氣都沒有了，好像卡在半山腰的薛西弗斯，那麼周而復始的「巨石」對他而言是什麼？什麼樣的愛禁得起這日復一日，而不致從內部崩壞呢？

能承受得起大概有兩種人，一種是到處都是的工具型理性人，並非是因爲愛而推動巨石，而是因爲恐懼。一切以市場爲中心，本身也是市場的燃煤。

另一種是有足夠想像力讓那石頭再沉重也可輕盈，「薛西弗斯」知道人生的不可逆，此生單單是來成全某些時刻。

他的「大石」混雜著可笑、荒謬或喜悅的沙子。它可以是任何事物，或是明知「枉然」卻仍要做的事情。

但爲何那些往往溫柔的人卻容易從內核就壞掉了呢。也有的人只是習慣不困擾他人，就這樣把力氣都耗光了。

實在是一點力氣都沒有了吧，當所推的「巨石」變得陌生的時候，那個我又將是誰呢？我在看這些故事時這樣想著。

這感受像我曾在一午夜看了電影《寂寞公路》，散場時被什麼震懾在原地。那一晚我跟一陌生觀衆，都在片尾曲放完時低泣著。彷彿我們知道困住作家大衛．華萊士的是什麼，那裡面的美國都是格狀的，城市文明就是這樣讓人甘願受困。

人們總說被社會主導的人像提線玩偶，但現代人並不是如此，更多人像被衣夾夾住了領子，一路被載送，深怕掉了下去。不論AI是否將取代人力，我們跟「社會」這條輸送帶只能維持如此的關係，社會在跟我們玩著若即若離的遊戲。

這樣巨大的不明確感引導著「衣夾人」的前進，不只是ChatGPT讓人驚覺世界變了，其實中年危機也都提前到來了。那些「小王子」眼中的禮帽自戀者、孤獨國王，都因著那個衣夾的鬆緊度，反覆響起了心中的警鈴。

金錢是這社會大法師的法器。法器一響，人們爲了遊戲而玩遊戲。至於爲什麼要玩，遊戲背後是什麼設定，無人有餘裕知道，因爲這世界的時間被調成了碎浪，當每個人直覺性地撲趕著時，其實又將會迅速歸零。

過往有黃昏提醒每個人這天有其極限。而手機中的晨昏卻是不同的，它永恆啟動，上緊發條。

這是當代人的疲倦，沒有了薛西弗斯每日能歸零的制約，我們的歲月是無垠的開墾，只能很青春地跟自然時差著，直到一朝便老去。

所以有人內心就此軟爛流汁了，那是科技取消了薛西弗斯的懲罰，讓「時間」變成了曠野的緣故。時間既浩瀚又是碎片，就此取消了人間的閒裕。

於是我們開始看著貓狗的照片，又羨慕著水豚君的生活。人們紛紛求助身心靈療法，想讓身體重新感受到時間，而不是碎浪一般的感官訊息。

也因此，有人會想臣服於鬆手的刹那，相對這世上衣夾的緊度，讓人有了墜落的衝動。

我們忘記了被時間好好接住的日子，一個可以吃著西瓜聽著風鈴動，還可以哼上幾曲的日子。我們的身體記得那幾天，記得電扇卡住的聲音，記得書本翻頁的從容。

我們曾被妥妥地接住過，那時的我們不信神而有神，不自證卻自在。

那時我們都還只是「薛西弗斯」，有一日的極限，在石頭歸位前，任每刻形塑了自己。

薛西弗斯恆常地爲著「一天」而活著。不論結果，每天都是「未竟」，這樣的「薛西弗斯」來不及崩壞，因爲他只需要對那一天負責。人不過如此，活在前一天與明天的注定要崩壞，那石頭的墜落明面是懲罰，卻是最大的祝福。

如果我們能領略到這樣的祝福，那麼ＡＩ的一日千里，也不及我們能數算的一天一夜。

我們的寂寞是因爲生活與我們的悲歡離合，
終於分道揚鑣。

過了元宇宙，又到了AI，我們都是「餘生記」

每一次我躍起，都是對地心引力的反抗無效，但這無效的反抗，是我對徒然的堅持。

總聽人們說「這故事題材好沉重啊！我不想看」，但我想像的沉重，總像是還沒飛上天的氣球，我彈跳起來一把抓住它，讓我能因它飛高高，與這世界有了離心力。

我總一次次地因爲別人所說的沉重故事，而跟這世界有了玩拋物線的興致。因爲如果不如此，人生恆常的心碎，不可能有價値。

我不太相信幸福，一如我不相信蘸在草莓上的糖霜，它輕薄得像是維他命丸上的乾澀甜味。

我總覺得幸福是件蕾絲花裙，可以讓你「安妮亞」一下，也可以一秒「冰雪奇緣」，一如灰姑娘的魔法，但過了午夜，那套皺巴巴的花裙就只剩下送乾洗的命運。

我厭煩的是它甚至不能機洗，明明摸起來像人造纖維製的，爲何仍這麼矜貴，如同過度誇耀的現代促銷法，讓看說明書的我們都變成睜眼瞎。

現代流油的文明與奢華，無不透著心虛的。

你就像個耶誕老人，世界上如果有十二個老人被分配到這個任務，他的那包裡可能有三、五個東西是他自己都心虛且送不出手的，或者在想：「這個聞起來有塑化劑的氣味，且隔周就可能成爲垃圾的東西，眞的需要生產出來嗎？」

當然這樣心虛的老公公是不會讓我們發現的，他只能像肯德基爺爺一樣笑著。至於爲何要笑成一樣的幅度，莫非是因爲大家都認爲老人一定要這樣慈祥，才能討人喜歡嗎？

原諒我有各種陰謀論，或我總是分神跳躍到其他話題。我本來就不是一個專心的人，因此我也發現這世界本來就設計成不讓人專心的地方，於是我從小就心安理得地不專心了。

我的專心都放在識破這世界的詭計上，然後抽出它的小尾巴來。發現它也不過就打造成一個玩具，背後是只剩下一張大嘴的怪獸。外表看似祥瑞，但它就是每個人的大胃口所組成的，血盆大口後面連結著肉肉相生的黑洞，外表卻舞龍舞獅似的耍著熱鬧。

我們就在看熱鬧之間，體會到這世界戴著一面具，還有永不散場的化妝舞會設定在其中。但當你分神了，你就發現天地空空的，面具就是一扇門罷了，而它周遭的空白則是實心的，不禁想看看那面具後是什麼。

說是跟著千尋的「無臉男」或許沒新意，但它背後的確是條人龍，且一望沒有盡頭，「人生難道就在排隊？」你想。於是你問其中一個人，他排了太久而忘記當初排隊的原因，似乎也不是因爲等待果陀的信念，就只是認定了要排。

如果被馴化了，就會像是身處動物園裡這樣的反應吧。或許排隊是比較悠閒的選擇。因爲前後都有人，至於要去哪裡，反正大把的時間都過去了，也不容細想。

畢竟排了隊，就可以把責任怪到很多人身上。

於是我又細想，爲何總想在這排隊的世界脫逃，難道眞有什麼事情阻礙了我嗎？還是看似路牌的東西或有遙遠的燈塔，會讓我們內在動物性的躁動感到心安。

後來直直看著，這或許就是「幸福」的另一種眞相了，每靠近幸福一步，它就像結帳櫃檯旁的商品，或是你要加價購的快速選擇，之後你就會聽到它咚一聲從自動販賣機裡掉出來。我在想，我們是否都因爲那咚一聲，感到有影而激情著。

如同我們在看跨年煙火，我們總在各種儀式性中得到安慰或緩解，至於之後像荒野般的寥落感，或許就是因我們這世界總是在排著隊吧。

這世界的悲傷寂寞或許來自於我們都像一間電話亭，或是一台自動販賣機，看起來都是統一的系統與操作模式，但我們如此龐大又具象，遠看簡直就像文明的廢鐵。

而這兩種發明都是處於偏僻的街巷（至少在影視上都是這樣呈現）。在冷冽的夜晚發出螢光，或是在一個帷幕大樓上，閃著五十元巧克力棒的廣告投影，看似不寂寞，但其實是清冷極了的樣貌，屬於上個世紀尾大不掉而且回憶裡總濕答答的發明。

於是跟這種意象連結的我們（畢竟我們那時候就出生了，且脫胎自那樣的機械意象之中），時時就有著以為自己要砍除某一小段尾巴，如壁虎求生一般的衝動，才能擠到二十一世紀這台更高效能的電梯裡，跟著它高速進展。但電梯就是這麼擁擠的意象，因此你隨時跟我一樣，身旁都有龐然大物之感。

這時應該要像灰姑娘的姊姊毅然砍掉些什麼吧，畢竟二十一世紀是個數位化的新肉胎，它無法讓你摸到它的實體，但它有個巨大的胎盤正生著難產的元宇宙或其他，我們不是隨著它一起誕生，就是成了一個畸零兒或一肉塊，上演著自己（如我現在正喃喃自語）的餘生記。

我覺得現代人最大的寂寞就在此吧。的確這社會或科技媽媽會讓我們再降生一次，始終微調我們的內建，但總有什麼讓我們這些凡生肉胎卡不進齒輪裡。那種非「原生感」讓我們一再需要切割掉什麼，才能再進入科技媽媽的胎盤中，合理又安適地接受它的設定。我們是可以這樣微調或是根本性重建，我們甚至爲我們的可塑性而喝采。

但我們的違和感也始終在發炎，它像一個小膿疱、肉塊，或是連體嬰似的低聲哭著，只有微微的音頻在擾人，比蚊子的侵擾還不值一提。但它就是在每個人類身上持續發炎，如同該切割且找不到下刀點的存在。

我們是這世界工整化後掉出來的膿包，或是摳不掉的冬季癢皮屑，抑或是夏天排不出去的熱氣。

這樣可有可無的寂寞，成爲海灘上的垃圾，每有潮汐與月亮牽引，我們就意識到自己並非融合於這世界的，益發感到自己是淺眠的狀態。

如一早該拆除的電話亭，或熱鬧過的街市，曾代表著進步榮耀的機體仍在閃著螢光，卻都被遺忘在轉角。這樣動輒清醒的寂寞日夜敲打著都市人。

愈更新軟體，那龐然的過去愈召喚著人。曾經曾經，原來我們怎麼新都不夠啊。

原來我們的螺絲並不合乎更新時代的記憶，我們的鄉愁記憶被擠青春痘一樣地擠掉了。

定神一看，原來就是這東西啊，有點像是活生生的組織，流著點汁液，看似微不足道，就頂多容許這樣程度地悲傷著。或者是這世界也僅剩這樣快要麻木的痛感。

其他都交給軟體去更新吧，人類近乎成爲可以冬眠的動物，自轉與公轉可以這樣分離著。

那麼輕盈的一個小世界，下載與卸載就好了，我爲何還寄生在這番沉重之中。因爲我覺得這是這世界唯一可靠的東西了，像樹木的古老記憶一樣可靠，這世上只有悲劇故事可以記得單一個人的故事。

於是我想起了《神隱少女》中鍋爐爺爺始終記得哪個抽屜放著去錢婆婆家的車票（放置了很多年），我也想起了《我的鯨魚老爸》中那過胖的人死前終於夢回了自己的雙足，我想起了美人魚最後變成的泡泡未必眞怪自己來一遭。那看似痴傻的，像這世界夢遊的產物的東西，成爲下載世界所遺漏的結晶體。

咚的一聲，隨著你的記憶就掉了出來，近看是一個無效的願望讀取，遠看，則是一生一路一旅人的堅持。

好像很久很久以前我們作過這樣的夢，現在卻覺得很負擔又很沉重，重的是我們的肉體已被鑲進機械的意識裡，於是我靠著久違的悲傷飄到這卸載世界的上空。總有一天，人類會發現自己來不及掉的眼淚，如古物般似曾相識。

在巨大的保溫箱裡，我們聽著嬰兒的哭聲，卻以爲是鄰人的哭嚎，我們的寂寞是因爲生活與我們的悲歡離合，終於分道揚鑣。

那麼尾大不掉的，應是與自己的鄉愁吧，每一分每一日與每一宿，它都坐在遺跡上，等著我們終於發現行進無效後的回返。

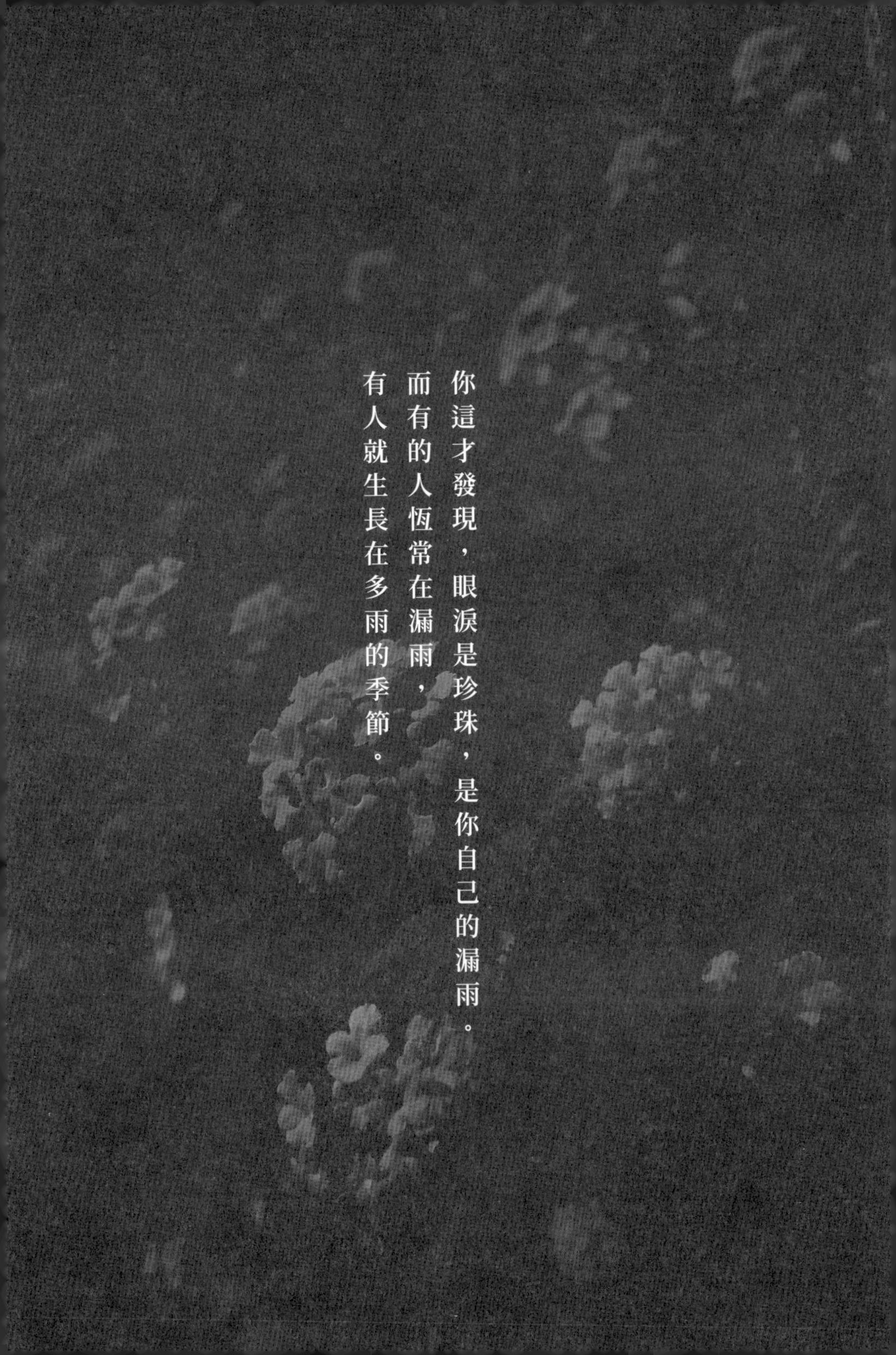

你這才發現，眼淚是珍珠，是你自己的漏雨。

而有的人恆常在漏雨，

有人就生長在多雨的季節。

幸福是鯨魚夢到了雙足，美人魚在記憶中吟唱

該怎麼形容中年的疲憊呢？我想像那些肉色的贅肉如流質一般沖進了水管底下，水管還會發出咕嚕嚕快塞住的聲音，剩下的一點黏稠卡在水管的邊緣，是汗還是夏天蒸發的鹽分呢？如果以氣味來說。

年紀輕的時候，我們會聞到遠方汽笛的聲音，帶著廣闊海洋的氣味，甚至還混了你對那朵白雲的想像。那時候的日子，隨便哪一天，都像從高級面紙抽出來的下午，那麼輕柔，也那麼不踏實，但緩長得好像是永遠的下午。

於是我們開始學會了殺日子，也有空閒憤怒，叛逆就是種香水，你往全身澆，覺得自己代言年輕，每日套上青春的族譜一般。那是另一國度，雖總有被趕掃在前端的迷茫，仍以爲心事是會被人聽到的，也以爲自己終究可以與人不同。日子可能難耐，但終究你的喜怒哀樂都像掛在耶誕樹上，會有人觀看與謳歌。

然到了中年，那些喜怒哀樂像是耶誕節過了半年，卡灰地被遺忘了，好像你以爲它

從沒有被正視過，如同沒有任何一個耶誕樹上的星狀物，被人正視過它自身的樣貌。那麼，什麼才不是屬於青春，而能留下來成爲「我這個人」最終的形狀呢？

在找尋這答案之前；在你發現中年的喜怒哀樂並不會被聆聽，且要準備好心情的廚餘機，將那些井然有致地收好。而你發現自己的身體早就知道了，即便你還很瘦，但身體那尾大不掉的濁重感，已慢慢地塞進了日子的縫隙中，直到它噗的一聲，被擠了出來，剩下一點無法好好清理的黏膩。

你才發現眼淚是珍珠，是你自己的漏雨而已。而有的人恆常在漏雨，有人就生長在多雨的季節；有的人看似過得好但隨時一陣太陽雨，雖揮發得很快，但那份悵惘，是沒有眼淚可以幫你的。於是你逐漸知道，是日子，它就有帶刀子。

如同「老人與海」搏鬥的都是自己的傷痕，但海洋還是很無情地「年輕」。

你跟我，終於也走到了眼淚如果不是流過滑嫩的蘋果肌，它就像乾旱中的雨滴一樣無法被記憶，一瞬無蹤。

甚至我們因要積攢起自己的體力，不能浪費給內心的排山倒海。是的，正因爲如此，你有一天會發現，它反而傾倒不出眼淚這麼小的珍珠。它在海裡面，如同梅雨季一樣，是沒完沒了的濕氣，同時是你中年的身體排不出去的濕腫。

它就像機體老舊了一樣，或是在這世界的肥滿裡，永遠有著流不完的炸物之油，洋芋片留在手上的一點頑強。整個城市擠滿了食物流油的意象，而你在那裡面仍是一根螺絲釘，轉不動地鏽蝕著。跟你外表的俐落度無關。你雖確保日子是順暢的，且上了機油的練達，但卡在那裡的釘仍在生鏽著。

你的內在開始會有一個打不了鼓又拖拍的機器猴子，並且調不好，你知道那便是中年來了。

中年是每一次睡醒，夢的沙子就會往床下深處流去，每日每月地流下去一些碎沙，那是你不願意帶到日常裡的。日子必須被工整格放，而沙子則像未明的記憶，也像巨大的影子被夢網捉住，它拖曳著你那些細沙，每日醒來，就更多一點的沉積物。

於是有一天你醒來時，你會發現醒來的可能是你原本輕薄的影子，自身則剩下了海中的訊號，在雷達上面顯示爲一小點。你們彼此追蹤著，偶然會想到：「何者更接近自己？」

但醒來的影子有時候太過稀薄，有人甚至在日常裡失去了訊號，如一廢坑沉積，當機在高速運轉的社會裡，任由「日常」這個機械手，把你拉去固定的目標或可能是原點。

像是靈魂生生地被現實忘記一般，也像是主人匆匆離去的房間，剛才的氣味還在，空置的部分卻有這麼多。

人心中的窮，不是口中沒了食物，而是徒有人生，卻沒了雷達中能顯示的那一點生命力。像兩個容器，一方面追求著過著很滿的人生，滿到像活在舞台燈光下。另一頭卻有大片荒地閒置著上一季的五光十色，看上去像過時的節慶，好不寂寥。

至於爲何匆匆，主人則像被綁架一般，這一刻已忘記了，徒增的悵惘裡並沒有新生的眼淚。

中年一抬頭總發現開墾與廢耕的一樣多，但肉體卻告訴我們更多的實情，它或打造得更加壯美，或一夜就變海市蜃樓。

我曾愛看美國眞人綜藝，他們總會去記錄某中西部鎮上人家，某人胖到出不了家門的故事，這時候的肉體在螢幕上像是一個廢棄的生命意象。在崇拜瘦的這時代，幾近獵奇，最後這類綜藝總是以鼓舞人心的結尾收場。

但後來看到布蘭登．費雪演的《我的鯨魚老爸》，儘管他本人也胖了，但他在戲裡更刻意增胖到塞滿了整個銀幕一般，來呈現出一尾鯨魚擱淺於日子縫隙的樣貌。那樣鋪天蓋地的肉色與他被輾壓成肉糜一般的人生，無論是自尊還是虧欠，都以那癱著的意象，反覆訴說著：「對不起，我搞砸了。」

像對自己人生中的各樣角色搞砸的道歉，讓這頭鯨魚之悔，如同孺慕海洋一般，他一動，汗水的鹹味都是故鄉的召喚，是全面地且壓倒性的自責。

但我因他想起了「美人魚」，人們都覺得她是個悲劇，她拿嗓音交換雙腿是不值的，最後變成海上泡沫也像是搞砸了一切。

然而布蘭登演的鯨魚老爸結尾卻像詩一樣，昇華了中年小心翼翼的重量，多年來胖到看不見自己雙足的他，在最終一幕又夢迴了他在海邊戲水的雙足，並且海洋親吻著這頭鯨魚，一切都像是被終於寬恕了什麼。

美人魚跟他這兩人都像承擔了罪與罰，爲了自己的渴望成了他人眼中的悲劇。但眞是悲劇嗎？即便變成了海上泡沫，即便得如鯨魚夢迴故鄉，但人生不就原本爲了犯錯而存在的嗎？

我們的願望若都是正確且實際的，那人生如何能體會到海水重新親吻雙足，又如何能體會到浪花與泡沫並非徒然。我們爲了過錯而誕生，從而因爲各種殘缺，於是能回到某時某刻無畏的青春。

那時陽光很好，我們都以爲可重新再來，那時的世界也是善意的，我們還沒踏上無謂的征途。你我總得要再回到那一刻，重生與死去竟得如此接近才行。

靈魂千瘡百孔，於是它長出了自己的模樣，而不斷除錯的中年，浪擲感卻是大把大把的，終於跌倒了不就是等到向生命俯首的時刻嗎？人們總說張愛玲不該愛胡蘭成，但年少就自知是天才的她，何曾低到塵埃裡，又何曾從中開出一朵花。

生命沒走到低谷，人生就得匆匆，沒法遛著那尾隨的月亮走，也無法夢到鯨魚不可能有的雙足。

如果人不知這滋味，願一路能睡得夠沉夠香，如從不曾貼近海岸邊的鯨魚。

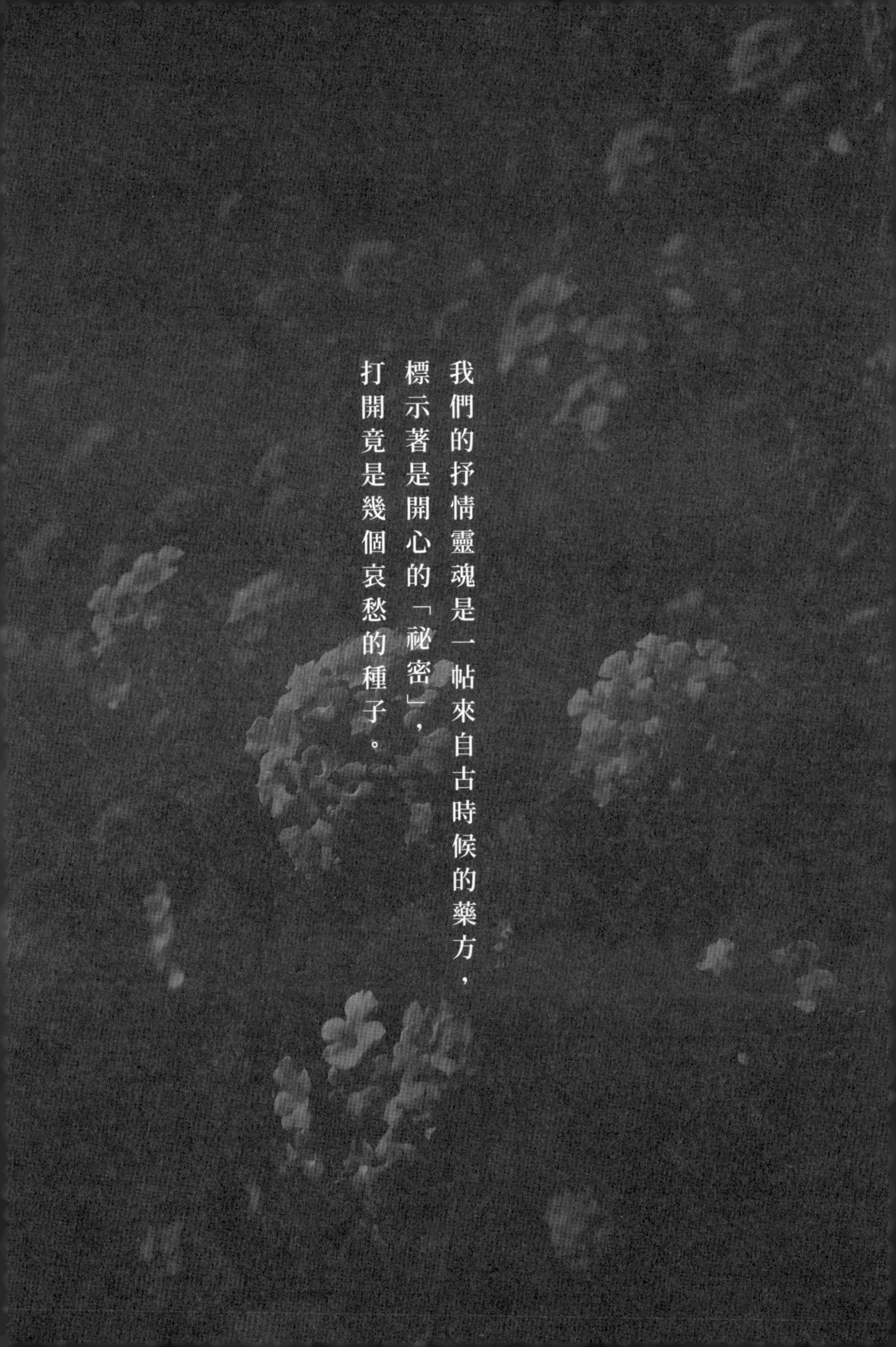

我們的抒情靈魂是一帖來自古時候的藥方，
標示著是開心的「祕密」，
打開竟是幾個哀愁的種子。

爲何我們被催熟，卻不能成熟？

爲何我們普遍早熟卻無法成熟，又爲何內心的少年總有被囚禁之感？

相反於社會追捧的滑溜金屬感，我們的心靈像是被轟炸過的莊園，人隨時被催著啟程，而商業模式又愛玩大風吹，於是隨時有著來不及消化的鄉愁，只是鄉愁如今寄居在物件裡，只存在於消費與消失之間。

於是人眷戀著各種即將消失，如某款手機、某個軟體、某家還來不及吃的美食店，及各種「長毛象」般存在的商業模式。我們的當下就在折舊了。人生在賞味期限已放大了它的最好最美最大值，之後是「品香」完的漫長倦怠。

如同甜茶（演員提摩西．夏勒梅）是這個時代的美少年代表，他的慵懶與可浪擲的特質，在那感官豐盛到果實都流汁的仲夏夜電影《以你的名字呼喚我》之中，所有的美好，包括自己的美顏，都過度豐盛著，我們的眼睛可以被餵飽，但與此同時，我們的精神是還沒有充分植被的河，時間流著就只是流乾。這樣的不是豐收就是空落都在彈指之間。

於是當新聞正播報這世界多混亂，但那現代生活爲產出而產出的「無聊」還是座高牆，在感官被大量餵養中，已經先一步體會了盡頭的荒謬。「家庭」、「幻想」、「幸福」與「愛」都被套上的使用說明，掩蓋著社會根本性的寂寞。社群反差著意見、貴婦群組相生相剋、家長團提醒價值觀、團購甜點的小組都有著過多表情包。我們四周之人與物充滿展示性，叛逆與搞笑都浮貼在生活上，可有可無的都是焦慮。

這樣輕飄飄的社會，如上空的氣球。而波特萊爾「惡之華」就變成像氣泡水一樣咕嚕嚕。有人總在網上嘲笑別人的夢想，或圍攻自己的假想敵。有人開了機卻無法開啟明天，有人想直播一切卻形同 On Sale。關於過度社交與對大量訊息的「過敏」則比天氣異常還要擾人，春風吹又生地打擾長達五分鐘的思索。

於是我們在小蔥蒜似的事情上掙扎，在正經的大問題上又閃了神，畢竟每一天的訊息都超過當天能負荷的。一天終結在別人的斷句上，闔眼在某一組新的表情包裡，我們只好在插旗的小腹地上打上「寧靜」的心願。

這時代的暴力性並非是二十一世紀前的模樣。在那之前，垃圾是占有地球，人可眼不見爲淨。今日則成爲巨大的垃圾文明，堆放在你的精神層面上，時不時竄入的「金句」，時不時有懶人包飄到你面前，但前方是還來不及細看的淤塞。

大家都想要打掃精神上的河道，然它已經遮住了眼界。

消費社會的空轉法是形式上飛高高，有機的人類愈來愈像ＡＩ，被控管劑量的憂愁讓我們這社會「栩栩如生」地運作著，並打造著未來的金剛不壞。相對人的折舊，今日的名氣是一張張多彩的糖果紙，下一刻就要起皺了。

速度也是種新的專制，我們連催趕自己的是什麼都不知道，就急忙走向未來。

那些內心無法上緊發條的部分就被收納著，堆積成無法辨識的，如陽光下的塵灰。「快樂」被具象地發送，如吃著的是標示成不同口味的洋芋片，但就算是再新奇的口味，吃完的油膩還是黏手，因我們吞下的是欲望本身。

我們遂看著空氣中那些起舞的塵埃，那些不明所以舞的是陽光燦爛。

如今書市出很多教大家如何活得快樂的書，我們權當解藥地吃了。不久之後，又有人發出了躺平不可恥之類的書，我們又動彈了一下。「快樂」與「振作」的發條開了又關，遲早像失去彈性的橡皮筋。然我們要跟上時代，如時代是個壯碩的守門人。

所有的進步早預支過它的想像了，如ＡＩ讓我們無聊又恐懼，只擺在那裡等我們迎合。科技打造了一個子宮，我們在羊水之中無法到岸。

如果八〇年代是個機會年代，那如今則是一假設先跑先贏的未知，沒人知道前方是什麼，落單的會留在科技大神背離的荒原嗎？我們的抒情靈魂是一帖來自古時候的藥方，標示著是開心的「祕密」，打開竟是幾個哀愁的種子。

它是閒緩的，飄落的。不用倚仗正能量的照射，它讓那裡是活生生的，並且好壞都不分地都盛開來，等有一天蝴蝶來了，它點到的都是鮮活的。

在這「栩栩如生」的世界中，人變成是要相信有陽光到來的月亮，終究要有點頑痴才能長出些別的——與他所屬時代不同的東西。我們在「快樂」都挾著幾分專制的世界，哀愁悄悄溜了出來，替我們難過著，彷彿我們正在一個前往「遺忘」的隊伍中，有它幫我們生點疼。

然這也不過是我相對於這科技盛世的一點驕傲表態，它在前方打造著新的天與地，而我唏噓地回首，偷渡並持續著無用的反抗。

如同我現在寫的，宛如一個祈禱，不是對著科技神，而是對那亙古以來的各種相信，相信月影終會消失的河流、相信夢境終會結束的清醒。所有非永垂不朽的美，都大於我們正在追求的東西，因爲它會留在記憶裡，再度盛開。

每一種悲傷與哀愁，都是獨舞的堅強，也都足以對抗科技神所許諾的永夜。

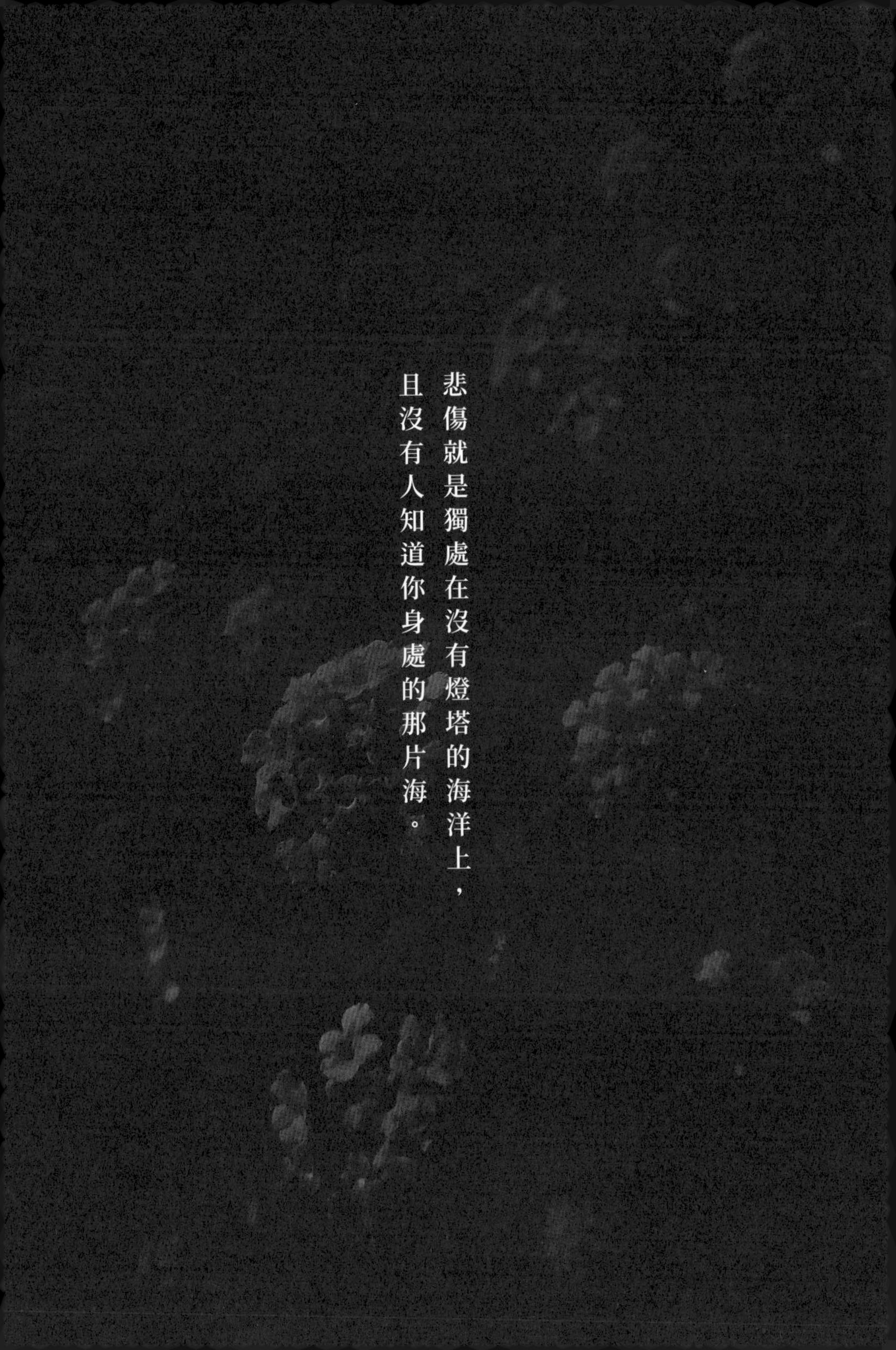

悲傷就是獨處在沒有燈塔的海洋上，
且沒有人知道你身處的那片海。

悲傷與它所可以創造的一切

推開大門，是個廳，裡面喧譁，裝飾得華麗，而我是個門外漢，看著自己正學著他人的舞步與口號。

這是我的日常，既是一個跟從者，也是一個缺席者，我以少一塊零件來混跡於他人之中，如同只剩五隻腳的蜘蛛，正細算著腳下網的格子數。

既是個混跡者，就無法眞正融入在我所處的圈圈中。反而在拿著望遠鏡與放大鏡時，能夠深入「遊客」的角色之中，這是我從事寫作的第一步，由此體認到，我只是自己人生中的旅人。

再誠實一點，我連我的日常對白都是咬腳的，我無法無視自己就是一個「喬裝者」，我無法眞的能融入這個世界的眞實，反而醉心於這個世界作的如胎盤未淸乾淨的夢。

當初拿起《紅樓夢》讀著，也不是因爲它是經典，而是它有一種髒而濁溺的現實隱藏在金玉的外表之下。我甚至聞得到主人翁們薰香與菜香之外，根莖眼看就要泡水爛掉的臭味。

這樣反覆以香味來包覆陳年臭物的東西，簡直像極了人類的發展史，像抽不完的面紙，也像藏在西裝革履下的裹腳布，你愈拉愈上癮，於是拉出一個大家在嘶吼著與壓抑的依稀面貌。那裡面（或藏在更深處的）不可分辨之物，像極人性縱切面的肉塊。被切割的肉末放大都是深刻的人性，與立即就會過時的呼喊鳴叫。

大家的成長都是來不及的，所以只能將它們藏住或驟然切割。因此人性七歪八扭，且未乾就被藏在最下面，抽出來都是皺的，像是具體而石化的夢，嗚咽著每個人的語焉不詳。

我不敢說我完全是一個「遊客」，儘管所有人都察覺我漫不經心，像跛腳的蜘蛛在夢網上執行「日常」的任務，醉心在社會蛛網的縫隙裡，並撫觸著它的斷裂。

也有可能，我就是一個眼饞的遊客，因此，有時甚至把自己的人生驅離在另外一個院子裡，有時荒置，有時拾荒似的撿出來，於是我常指稱爲「他」或「你」的都可能是我。我知道「鏡子」會吸納一部分的我，而城市就是鏡子打造的光怪陸離，它核心永遠在對照著誰與誰的比較，或提醒著什麼樣子是更接近社會要的。

我樂於活在這樣的「鏡子屋」概念裡，旁觀自己與他人的各種「出不去」。

現代的商人都是在販賣「鏡之屋」的延伸商品吧。說服他人買了什麼就變成怎麼樣的人。而社群則是拍賣迷宮式的鏡像，我們買的都不是東西的本質，而是「它」所投影的我們。

商業社會讓人們像是邪教信眾一樣隨時孤單著，因爲我們依賴著的是本來並不需要的東西，活在一個現代化的迷宮。因此警醒點的人會總有死巷感。

如果外星人有一天登陸的話，會發現人在完成現代化後，就活在夢的密室，各自碎語敲磚傳訊息，雖傳達了，但也像是石頭丟進湖裡那樣，各自撲通撲通又撲通的，傾聽著自己的回聲，如同按讚之後的一切將消逝無痕。

但如果不想埋單商人製造的魔術，也不想要消費那些與這些，其實是有點失落感的吧。

而我這遊客似的人生，無法對美食歡呼，對正能量覺得是速食包。我跟這世界的關係飄飄忽忽的，就是綁了一繩帶；有點像太宰治以搞笑來求得與世界的關係。所以發生過什麼悲傷的事，一回眸也變成是看待「他者」那樣的陌生了。

我的根本性疏離，像是自體懸浮於角色之外，然而在我前年失去母親的當下，我可能那根連結的細繩就鬆脫了。原來我並不是清醒的那個人，我只是因爲長期疏離與失去所愛，擱淺在這快轉世界的時差之中吧。

我這兩年很像是前方燈塔熄滅了，只剩下月影深深，那個可以投射角色的「社會遊樂園」不知爲何也在我眼前停擺了，像原本旋轉的咖啡杯，失去了原點。而獨處於寂靜大海中的我，頓時沒了以往在世事裡觀光的閒情。

原來這就是「悲傷」啊，跟不能與世道同悲喜不同。悲傷就是獨處在沒有燈塔的海洋上，且沒有人知道你身處的那片海。

只能相信自己的那條孤舟，同時靜靜地等著下一波潮浪帶你回到「正常又虛幻」的世界。此時的「悲傷」是個房間，月光相對這世上的霓虹，它是如此緩慢，也眞實又嚴格。

月影長到只能跟著它走，在悲傷之中，我這會兒終於不用急著去哪裡了。

不用急著回應遠方的汽笛聲與疑似燈塔的帶領，我只能像個水手，靜靜等待著自己的康復。當月影更大時，就會知道安靜是什麼。

終於因爲一巨大的衝擊，我因而回到自己航道上，沒有比一個人置身大海之中，更適合重新開始了吧。

誰說悲傷不好呢？經過大半年的停滯，才終於不再旁觀自己的人生。那簡直像電影

《東尼瀧谷》最後一幕，終於從看待自己人生如旁觀者的童年傷痛中醒來，原來我可能也是個有「創傷症候群」的人。

那天，只有我獨自一人的海洋上終於下起了大雨，我知道我終於得以離開這片「寂境」，正要前往遠方了。

我們疲累於這社會的榮景，
有如自己就是把放不完的煙火，
餘味難言，
因爲我們消費的正是自己。

這不是「自曝時代」，而是身處於一個過度曝光的世界

我常覺得社群文化普遍之後，最大的改變是在「柏拉圖洞穴」之中，投影出來的就只有自己吧。

其他開啟的視窗，有自己去過的海邊照與新增的遊戲，有兩個群組正標注了自己，待買物件仍在上方閃動。還有另一隱密帳號在底下流動，那並不屬於日常人設的。

而當我們關掉了這些視窗，掃了一遍還沒有回覆的訊息，我們的訊號燈就好像潛入深海中的燈籠魚一般，忽明忽滅著。

再度開機以前，那台機器卻仍然如海上女妖呼喚著你。聽來語焉不詳但如夢似幻，唱著你的渴望，渴望被愛、渴望被關注、渴望形象再造。海中女妖唱著的歌，有如宮本輝在《幻之光》中所寫的那在黑夜大海上的光點，看著讓人失了魂。

而我們的「人設」今日之所以有尾大不掉感，也許是因爲如今在「柏拉圖洞穴」的設定中，我們竟是一人一間房的。像早期「漫畫王」，或K書中心一般，我們盯著那面只有

自己的螢幕。這世界被設定成這樣子，以更嚴格的演算法來屏蔽其他人。

讓那洞穴社會之中好似只有一個人，投射出自我不斷增值與貶值，有時還會斷訊，如同色階出了問題一般。我們在其中閃回、卡住，甚至快轉回放。

沒想過多年前學者警告過的「自戀時代」，其實是一個人的洞穴啊。反覆刷的是社會積分，更新的是對自己的喜惡。科技的鏡像有如魔術盒，讓我們的存在再也無法被消化於天地萬物間，或是縮影成游離的一小點。

被投射出那個「自己」變成了一個巨大的投影。有史以來，人類是首次如此跟「自己」獨處。

它成了無言的疾馳噪音，鏡花水月再也不能淺淺地淡出，它們都成了條列狀的生存證據，跑馬燈地沒有重點。過去寫了什麼、已散的群組有誰，我們在大量紀錄與照片中，因為這些碎片在數據沖刷裡又被二創與刪減。但每一次的更改，都是一種自我疏離。

於是簡直像魚還活著時就要訴說海洋的存在，或是被釣上岸時才發現自己只是海中的一小點。我們活在一凹凸鏡的距離裡，內在就像後院快起火一般，但與你要訴說的、待處理的、重複自證的、又得跟隨風向的，成為兩個世界。

被重新編輯過的我們，像沉入了畢業紀念冊的方塊剪影裡，很少人打開來時會覺得那笑容是屬於自己的。你我被壓縮成一小檔，如同K進入了卡夫卡的《城堡》之中，不能融合的就被城堡這系統給吐出來，留在城堡裡的K只是個影子，以及更多的加密存檔，有如我看到的電影《塔爾》（*TÁR*），其中的Linda與Lydia始終擦身而過。

所謂「人設」是在系統中編纂過的。建檔與加總，因此我們總在忙著跟自己玩遊戲，畢竟在鏡子裡的自己總有一點陌生，有可能你又更像「他」了一點，且若「他」還更受歡迎，你退一步又何妨。

但試想，「柏拉圖的洞穴」裡，如果每個人都在看著自己的螢幕，而每個小螢幕背後是一個更巨大的螢幕，那畫面是否有幾分像心靈恐懼片。

生存議題變成「如何才能被自己接受」。這題是不會有答案的，就像在沙灘上寫字，爲了暫存而寫。

於是現代人的痛苦是因爲捲入了商業的詐術之中，它製造了一個無法消化，且本來不存在的黑洞。人爲這假題目忙碌，因爲「鏡子」裡面的自己永遠不會「實現」。而有一天，你將爲「他」代言。

這是科技被用於商業上最大的詐術，那裡充滿沒有答案的追尋。被反覆啟動的是你的海上之影、碼頭前的綠光、永遠沐在月光下的「金閣寺」。

無論是休眠還是關機，人總游離在滑鼠的方寸間，世界被簡化爲個人的巨大搭景。所以眼淚都不會有來由的，近乎是動物園生物思念草原的眼淚。我們人不需要ＡＩ來模擬靈魂。可怕的並不是ＡＩ，而是這世界如李歐納·柯恩的預言，被設計成爲動物園式的寂寞，有如電影《雲端情人》的男主角那麼根本性的寂寞。

不只因爲他愛上一個智能情人，而是他總得反芻自己的情感，來回應擬眞的社會。正能量現在這麼忌憚負能量，正是因爲我們在自戀與自卑的兩極間擺盪。我們只能爲眼前的螢幕加上濾鏡來美化。

如沉溺於倒影的納希瑟斯，立地成了迷宮。

若多數人都忙著影子與主體的爭戰，那麼權力頂峰便能集中且更穩妥地操控著百分之八十的人類。

也因此我初次讀漫畫《再見繪梨》時感覺相當震撼。這一本漫畫對後現代世界有了沉浸式的描寫。

《再見繪梨》一如許多成功的僞紀錄片一樣，細節讓人要回看才能拼成完整線索，它體現了每一個人窮於為自己「回憶」加工的過程。

故事中手持攝影機，看似「缺席」的男孩優太，存在感卻最大，成為拍攝當下即「失眞」的「見證者」。

故事從一個平凡的日子開始，一公共住宅中，優太正要過他的十二歲生日，父母送了優太一高階手機當禮物，但卻是要他記錄癌末母親死前的日子。等於為親人倒數。彷彿全家人都沒注意到他們正要編輯自己的人生。

父母鏡頭前半表演生活，優太母親每一次初體驗都如同「最後」的提醒，只有很偶爾拍到父親在偷哭。看似在記錄回憶，卻讓讀者能感受到優太被迫抽離了他身為人子的當下。

甚至讓我們想起，發明這樣便利的錄影器材，竟讓我們分神於當下，那麼是為了體驗人生，還是同步改寫？

「後現代」有一種「任何事馬上就不新鮮」的寂寥感。被拍攝的當下就已是第二手情感，講出來的話永遠都不新鮮了，而所有的眞實都重播過一般。如今我們置身的就是這樣的「後設」世界，人人的情緒都是「普普藝術」的極致了。

這個充滿二手與複製體驗的世界，使得我們用VR也喚不回原始的感動，我們如同被罩了層保鮮膜來碰觸世界，每個眞實的當下也被「虛構」了無數次般。

我們因此加快貼上新回憶，好似它馬上就要折舊了。

看《再見繪梨》時有這樣的驚悚感，主角活在比電影《藍色恐懼》還更人工且透明的世界，因此在拍攝的優太才會有如此異樣的存在感。其他人都活得像「觀景動物」一樣，連優太被老師罵時都以針孔方式記錄著。

彷彿「金魚缸」一開始就內建在金魚體內一樣理所當然。難道只有優太一個人想要逃出「缸內」嗎？但他愈逃愈發現它是「平面」的，他有如在一個程式中奔跑著；如滑鼠的小點游移。神被改爲了一個程式設計師。

優太鏡頭裡的母親，正膜拜自己的堅強與曾有的青春，手執攝影機的優太則被迫進入她的小金魚缸之中，按下了永恆回放的停格鍵。

這有如電影《楚門的人生》最後停在楚門上樓梯要開門的那一刻，四周仍是藍天的布景，預告著他出去以後，也可能又將被虛構一次「眞實」。

門外有門，鏡外有鏡。

這不是「自曝時代」，而是一個過度曝光的時代。其中有無盡的自我反證，所以情緒的回音都通往來處。我們因爲疲累於這社會的榮景，有如自己就是把放不完的煙火一般，餘味難言，也因爲我們消費的正是自己。

這設定從人類依賴電腦起就沒有開始也沒盡頭，除非你還保有「想像力」，可以在程式的無盡之中脫逃。讓人想起那隻從動物園逃走又被處決的狒狒，自由是很久很久以前的傳說了。

當然，如果你我已是一條金魚，那眞會以爲自己是自由的。

幸福就是國王的新衣，
它讓你層層穿上，
最後如詐騙分子控制了你的人生樣貌。

再怎麼完美的水族箱，都甩不掉現代爲產出而產出的悲哀

這世界設計得讓人無可抱怨，卻又那麼讓人無力，茱莉活在裡面，不知不覺成爲「世界上最爛的人」。然而你看著茱莉，就像是金魚認出了彼此有些微的不同，並悚然地發現自己與她正游在同一缸池水之中。

「原來幸福不等同於快樂是可以這樣拍出來啊？」看完電影《世界上最爛的人》後，腦海裡冒出了這句廢話。片中的茱莉得到什麼，又快速因惶然（像那東西突然變得燙手了）而如抓周寶寶一樣看向別處。這讓我想起千禧年的老片《令人討厭的松子的一生》，茱莉是幸福到無法抱怨的空虛，松子則爲靠近幸福近乎虔誠地獻身，讓人感到「幸福」是這麼過甜又鋒利。

如果有人說「太幸福了，反倒不知該如何是好的難過」，需要很大的勇氣吧！反正片

中的茱莉是不會講出來的，她如同活在一個維持得很好的水族箱裡，且又是一尾漂亮的魚，該有的生存條件一應俱全，她好像可以在其中如魚得水，也適應良好。

但要命了，怎麼這樣還快樂不起來。

你看她這麼用力想要將每一分鐘過得盡興，胡鬧也有、認眞也有時，要活得更好也沒有問題，那些偶有的艱辛比起電視上播出的戲碼都微不足道。這眞是太可怕的「幸福」了，如大型水族箱近看好像很漂亮，但遠遠的是暗夜中散發的螢光色；是爲了集體的孤單而產生的東西。再怎麼完美的水族箱，都甩不掉現代爲產出而產出的悲哀。

一個連物哀都稱不上有的生存系統；一隻出生就有條件躲開大海物競天擇的魚，連籠中鳥看到的月亮牠都沒有。這樣的生命短暫得嚇人（因重複就在眼前），也漫長得讓其無所適從（到底有什麼好拚搏）。這樣的生生死死看似頻繁，但也說不上有生死的對照，如溫室的花，花開與花落對它又如何？

幸福可以如水花飛濺，讓人從倒影看到彩虹，但下一刻又如此疲軟，像洩了氣的氣球，還原成一個可以踩髒的七彩顏色。這樣加工味的幸福，是當代小布爾喬亞階級的幸福，也是電影中茱莉的幸福。幸福它來了，它走了，怎麼餘味這麼不好，讓人想起爆米花剛出爐時多香，之後冷了就多麼聊勝於無。爲何有人發明這樣的人工世界呢？

這樣讓人無可抱怨，又這麼讓人無力的世界。茱莉活在裡面，不知不覺成爲「世界上最爛的人」。

此爛其實非彼爛，它可能是軟爛的爛，也可能是自認傷害到別人又無法挽回的爛。它也可能是果子熟透也看透的爛；對自己無法喜歡的爛。如果水族箱裡的魚可以思考，牠可能眞會跳出去或以爲活在一場噩夢裡。所有現代化的事情已經被過度完成了，可以再延伸的烏托邦也有商人在彩排，我們只負責選A或選B，於是電影中的茱莉從懂事開始忙於選擇、或推翻她自己的選擇。

從學醫改爲修心理學，出社會後又跟所學都無關。她信手寫篇文章可以成爲網紅，但也沒實在感。她曾深愛某一個人，兩情相悅，但對方的努力與成就卻讓她窒息，讓她發現「水族箱幸福」的局限與壓迫。

茱莉的優越外貌與背景條件可以讓她做任何事，也讓她做不成任何事。《愛的藝術》一書作者佛洛姆曾寫道：「現代人以爲自己在做選擇，以爲是自主的，但都是被預設好的選擇。」看似是自己選了，其實有導航又有數據作祟。看似可以無邊無際地選（茱莉的母親如此開放又開明），但擁有太多的自由，會先意識到的卻是疆界。

她的「做自己」遂成爲一種焦慮，一個一旦深思就會起雜音的念頭，彷彿一隻鳥被放飛後卻發現天空大到如此擾人，寧可綠幕投影讓她來演繹「天空」。被量化與物化的「幸福」啊，從來沒有人警告，會這樣大眾化如普普藝術的東西，是吃到令人脹氣且愈吃愈空的東西。

無法證明自己活著，除了遠方來的戰亂照片或是一則悲慘的獵奇新聞來對照，不然小到是吃了一口可口的蛋糕，還是大到要去找一個使命感讓自己轟轟烈烈的沒中間值。茱莉的那個「自我」已有開關機的焦慮。在這前提下，擁有美好的戀情、生活與美食，甚至壯盛的青春，就像節慶日的裝飾品，然去除了人人羨慕的亮晶晶，比較像是個符號，一個可量化的美物或垃圾。

現代「令人羨慕的茱莉」，對照九〇年代令人心有戚戚的「令人討厭的松子」，可以發現幸福二字之磨人。活在九〇年代的松子，雖是個電影角色，卻讓人難忘，因松子體現了九〇年代幸福有如天邊星，雲中月，是集體有如強迫症追求的目標。她甚至將自己聖母化，開枝散葉地重組在別人人生裡，來求得一瓢「幸福」的試吃滋味。每每初嘗到與自己無關，卻像廣告置入的「幸福」，松子就將自己角色化，不登入自己的人生，從而大食愛情背後的海市蜃樓。

松子的愛情都不假，但放在一個被幸福給綁架的愛情觀裡，她成了不配得到幸福的人。被餵養了太多「只要割捨自己就可以幸福的美人魚傳說」，你看松子一再像童話「美人魚」犧牲掉本質，卻一次一次像「美人魚」最後變成泡泡。都如此迎合了，卻迎來周遭不足掛齒的遺忘。只有遠看的觀眾才知道松子並不眞令人討厭。誰會來得及討厭童話中的「美人魚」，只心疼著她對這個以假亂眞的世界，竟然如此深愛著。

如果九〇年代的人們陷入了對「幸福」如沙漠飲水的宗教迷思，那麼二十一世紀的茱莉爲何有幸福若過了「賞味期限」就食之無味的感覺？她想愛的可以愛到，她想做的也不是做不到，所以這樣的痛苦根本無法傳達，連她自己也厭棄都「幸福」了卻還想怎樣的自己。她總像蛇蛻皮一樣去除一些心愛之物，因爲雖心愛卻不知是否是眞愛。那麼滿的空蕩蕩，她不知道她像篩子裝不了水。「幸福」是松子的白月光，對她卻成了飯粒子，當下還黏得很。

於是她匆忙從漫畫家男友獲獎的慶功宴裡走出來，想走出她自己因自由的不自由，想倒出她已滿載的空。匆忙到她鑽進一陌生人的婚宴，且匆忙到她當下愛上了一個「做自己」也做得無所適從的人。

他們太像了，及時行樂像，連笑點都像。他們同時推開了那以爲是「做自己」的海邊堆沙，爲了歸零而興奮著。她的人生總是這樣，在煩躁的選擇過程中，終於在白噪音快爆掉前順從當下的衝動，她如現代商品如此精緻，也同時暗示自己是廢棄品的概念。

這是今日殘破盛世的鬼影子。我們為了浪費而產出，多數的產生並沒有意義。我們在精緻的廢墟上思考如何「做自己」，在被淘汰前更想模仿幸福本身。我們曬的伴侶、飲食、生活要更像幸福的標準。從當年「松子」的形同追月，到茱莉登月般的廣寒生活，幸福就是國王的新衣，它讓你層層穿上，最後如詐騙分子控制了你的人生樣貌。我們終於「幸福」了以後，發現那跟快樂無關，我們開始過度依賴著幸福，因魚並不知道水族箱之外有什麼。

《世界上最爛的人》腳踏著幸福的指令，感嘆著那曾可用手傳遞的踏實感，藉由將死的年長男友艾克索傷逝地說：「我所熱愛的世界，已經消失了。」「我記得你的很多事情，很多你自己都不記得了。」而茱莉說的：「我以前常花時間擔憂很多事，但眞正出問題的，從來不是我擔心的事。」

他們的世代時差明顯，因世界變得更快了，以看劇的一點五倍速在加速變動。最後茱莉像水族箱裡的魚，以一閃的清醒看向人生與窗外，但誰知她會不會又回到所依賴的「人工機制」裡，不自主地做一尾善於遺忘的金魚。

這部電影的導演是才子尤沃金・提爾，前作是《八月三十一日，我在奧斯陸》。有很多人說《世界上最爛的人》沒有前作沉重，但片中對幸福成癮而不快樂的輕飄飄，是對現世最重的一筆。在這留不住重量的時代，此作可貴之處是它也像茱莉一樣，在臨去一眼後，我們記得的自己都像忘記了什麼。

輯三
爲何愈相處卻愈感到孤獨？

這世界隨時都哼著一溜煙就走調的歌。

如果有一天你也這麼悲傷的話

她努力揉著眼睛，想更看清楚這世界。小學五年級的她那時還戴著厚鏡片，媽媽怕她為了一圈圈的鏡片而自卑，特地找了寶藍色的鏡框。她知道那時媽媽花了重本買的，於是不敢說她不喜歡，但那只是更凸顯了她就是個卡通化的四眼田雞。

但她還是很認眞地瞧著這世界，除了看漫畫之外，她抬頭看著天，有時會想哭，因為天空太美反而讓她無措。

隔著厚鏡片揉眼睛很是傻氣，但她還看著那個因過敏不住流鼻涕的女同學被譏笑，或是看到路邊被棄養的狗、或是原本還成綠蔭的行道樹後來卻被砍了半截。她有點難過，好像這世界隨時起霧似的。「你留不住最美好的。」她好像是為了這個預感而感傷，而不是為了某個具體的人或事。

但她在他人眼中並不多愁善感。別人在戲院裡哭時，她常一臉木著到結束。她沒有那麼多情緒可以宣洩，只是跟這城市一樣四季都泛著濕氣而已。

這世界倏忽而逝的這麼多，好像自己以後也握不住最美好的，於是看一刻是一刻，每一刻都有它的不再與不同。她就這樣傻巴巴地望著這世界，心裡饞著，想留下的都是感受，因爲她知道自己長大以後可能不會再這樣想了。

一種屬於哀傷的預感，像台北天空總有積雨雲的重量，她不知道將會失去什麼。她其實害怕這世界極爲日常的善變，以及好像沒人發現「人總沒辦法留住什麼」的若無其事。她對此怕極了，當她這樣想時，彷彿自己只是個亂入的小子民，不太像孩子一樣無憂，連當孩子都不甚討喜地坐立難安著。

於是有一天母親帶她去逛街、問她以後想要找什麼老公時，她認眞指著櫥窗裡的「查理．布朗」玩偶說：「我要找這樣的男生。」媽媽大吃一驚，以爲她的審美品味崩塌。

那時戴著寶藍色大眼鏡，看起來像異次元人的她說：「他想的事情有時會跟我一樣。」她那時候喜歡查理．布朗，跟喜歡漫畫《瑪法達看天下》一樣，但周遭似乎沒有人這樣想像查理．布朗。他那些與晴雨無關的悲傷，有時要自找露西敲打他兩句，才想著這一切可能對他人而言是無所謂的。

她就想著一大堆跟他人無所謂的事情長大，但表面上是個果斷的天蠍。事實上她覺得過度的感傷有點黏稠，最好就是她在電影裡看到「日和」般的氣氛，主角可以像河流一樣平靜地承受流逝，並且處理各種瑣碎，彷彿哀嘆失去的只是她身後的斜陽，體會到的只是不住的刺痛，但哭則是一種閒裕了。

有時哭泣是某種對麻木的償還。她不要這樣，她反想因爲人生的失去，而感到河流下的石頭仍是頑固存在的，就是要這樣才能確定有什麼是帶不走的。

這樣程度的悲傷就夠了，如此就足以承擔日常，承擔他人的豔陽天，尤其是校園裡過度的炙熱。

那個小時候戴過寶藍眼鏡的女孩，沒想到後來並沒有起太大變化。換了隱形眼鏡的她，還是習慣因深度近視瞇著眼。晚上工作回家，抬頭看夜空，看著那假裝是星星的人造衛星，與大片被弄髒的黑藍色天空，還是一種亙古吧？對照著自己中年時生活磨著小石子般失去的疼痛，即便是那樣髒的天空也還是一種安慰。不管天文學家說什麼，它的浩瀚相對自己的小人生還是相對溫柔且恆常的。

她不太知道別人口中掛著的「正能量」有什麼用處，因爲這世上的更迭如四季，失去並沒有什麼稀奇的，或許失去才能在心中「擁有」的感受，本來大自然就教給我們了。也不是骨子悲觀所以覺得凡事意外地欣喜，只是去體會春花落葉都好的滿滿，才不失是跟萬物同聲同息的人類吧。

這樣的她，跟別人的標準沒太多關聯，有一半的人生都在神遊他處。寫文在神遊、觀影在神遊、散步也神遊、聊天有時也神遊。彷彿另一個世界的地心引力還更強大，讓她雖在城市宅居，但無時不處於流浪狀態。

終於在半生神遊的志趣中，仍被隕石砸中，回到了她不是眞的安身的「他人所在的世界」。那天，她在家裡戴著厚眼鏡，穿著查理・布朗睡衣，翻著出版社寄來的書稿《沒有媽媽的超市》。原本以爲已失去母親一年的她，對這本書應該能保持專業的平靜閱讀。畢竟自己前半生已經做好了這麼多「失去」的準備。將自己的心磨出硬皮；讓它自己長出與外界無關的綠洲可遠行。

當時她喝著暖茶，聽著外面雨的淅瀝瀝。故事寫著那女兒如何在料理中找回母親，即便讓自己活成母親的遺物也好。那晚似乎很平靜，戴眼鏡的她雖鏡片起霧但仍能做著筆記。想著要寫完這本書的心得，她這樣告訴自己。

稿子寫完，天已大亮。這世界照常運轉。她將厚眼鏡收起來，只想睡一會兒，很想一切如常，更想再睡深一點，暫時忘記她一年前也失去母親。

但沒有能起霧的鏡片，她整個人便下起大雨。稿子交出去後，她的雨像在大海裡這樣自認不被發現似的下著。

「一切都會好的吧？」她像雨滴問著大海。如同小時候戴著大眼鏡的她暗自期許應該要減少太重要的人事物，因爲這世界隨時都哼著一溜煙就走調的歌。本該早就習慣的，因爲已經把重要的人減少爲五根手指數算得出來這般努力了，是應該已經習慣了。

她在大雨滂沱之中，哭得靜悄悄的，這就是梅雨季。她跟那個戴寶藍色好笑眼鏡的女孩那樣說：「有一天有一種失去，會讓你的小世界破了一個大洞，那時候，我一定會慶幸有你。因你不天眞，你太早知道失去的必然。」

然後女孩會再回到我身邊，把失落的都活成一首詩、活成一片葉子有四季、活成總有潮濕的眼睛。那個尙小就不懂得無憂，但學會溫柔的女孩，她會記得回來找我的。

我們有時吹吹口哨，有時結伴而行。
在這太過喧囂的世界裡，
有勇氣孤單或許才不會落得那麼寂寞吧。

為何我們愈相處卻愈感到孤獨？

我第一次注意到她，是因為她在茶水間講的話，跟她在辦公室座位上的發言截然不同。大約才隔了十五分鐘左右，她原本認為無感的運動明星，在她喝完一杯三合一咖啡、遇到了別的主管後，突然成了她的心頭愛。

如同她人生在那十五分鐘間踏出了一扇旋轉門，換了一套戲服，她又成為一個被改寫的新的角色。那激動的收尾，與過於激昂地表達對該選手的愛，以一驚歎的口吻代表了一串字句。她的愛像午後的飛機雲，讓人以為她下一秒就要加入該選手的後援會。如此這般的彷彿三合一咖啡有了奇異藥效，讓原本陌生的兩人因偶像而認了親，便如姊妹淘般一起走出了剛剛的心事交換所。

如果女生總給人感覺是群聚的，她或許是個很怕落單的人。但在兩百多人的公司之中，足以讓她成為一個不太受注意但也不致被遺忘的存在。有關別人話題的接腔，同儕的共同喜好的複製貼上，她總做得得心應手。在主管與員工大風吹了兩次後，她開始重新在別的部門找尋新的群組，一起玩同樣的手遊、迷同一齣連續劇、做同一種烘焙、去同一處露營。爲了不落單，她很忙，忙著跟上公約數的風向，假日時也帶著孩子去了大家都去的網紅景點拍照。

她像是個社群文化淹進了眞實生活的人。午餐時間絕不能落單，在原本午餐好友傳出將被資遣後，她加入了另一個群體，跟著她們周三 dress code 的穿搭遊戲，並一起討厭某一個同事，同時在網路上聲討某一件以正義爲名的事。

她的生活忙著插旗，對齊群體中同一個談資。在她那個部門只剩下三個人時，她已經改變了她人生約八成熱中的事，她像個樹葉蟲，昭示著她在樹上大於她是什麼。

好友群如同寄生的腹地，她的危機意識讓原本的午餐飯友不知所措，也非感世態炎涼，而是在想，身爲一個女生，是否一定有更深的群體意識。彷彿我們這性別總是大片大片的，或一叢一叢的。他人看我們好像很容易群體化，或將外表市場化。我們看到甜品會尖叫，我們有時會像戲劇裡的女生擁抱成一團，如果不一起尖叫笑鬧，好像就會有什麼生存的危機，至少八、九〇年代看日劇長大的女生可能會受到這樣的影響，日本女生強烈的同儕效應似乎也影響到了我們。

這讓我想起曾經看過日本演員夏帆在《一個人的露營》中演的角色。她與要一起露營的女生前往海邊。不知爲何，那天天色沒有氣象預報的好，烏雲壓壓的。她的好友在路上一直批評著另一個人，她只是應著，你看得出她的不以爲然，你也看得出她對該話題沒興趣，但她就習慣應著，讓自己成爲另一個人大放厥詞的舞台。後來到了露營地，朋友看天色暗了，意興闌珊，此時看到另一群組要聯誼，便在夜晚來臨時早退了。看來原是這麼平凡的一個故事，卻因爲夏帆後來的演技讓你豁然開朗。

那個露營日雖然天色不好，但讓夏帆迎來難得的獨處時光。遠鏡頭看著她的帳篷是那偌大海邊的少數光亮。她忙著煮食，並聽著久違的廣播，你看著她一人一帳如此忙了一會兒，終於在黃昏時，她哼著歌從海岸線那頭走來。聽著耳機的她唱著就哭了，像是感受到如釋重負地哭了，簡直如同新生兒一般笑著哭了。我邊看邊在想：她是多久沒有好好獨處了？她是多久以前就習慣配合著別人？

需要到這樣的遠方，在這樣的巧合之中，如同終於頓悟一般哭著。或許也不是故意要打進誰的圈子，只是也不知自己爲何愈相處愈孤獨罷了。

我提到的那位樹葉蟲原本的飯友，也意外地感到如釋重負了，原來總聽著對方講著育兒經與孩子如何考上名校，經年累月地讓她心累了。在離職前的一個月自己吃著午飯，竟是陽光好壞都無妨，打手遊或看書都很好，就是不用再假裝對他人的孩子感興趣了。

一直在做中階職員的她，第一次感到不用趕快跟誰交到朋友，也不用展示自己有多少好友這件事，讓她意外地感到心安。

我也是那中階職員的朋友之一，也曾參與他人孩子上名校的焦慮話題，偶爾有幾次我會讓自己格外記得那天中午雲朵的形狀有多像一頭熊，或是看著餐館老闆打盹的背影，彷彿這樣餐桌上話語或八卦就變成背景音，而我已離席一般。

我記得村上春樹在《人造衛星情人》一書的引言：蘇聯發射的第一枚人造衛星，裡面載著一隻叫「萊卡」的流浪狗，萊卡最終無法返回地球，牠被送到那樣的遠方，只爲了促成人類更多的聯繫與追蹤。村上以衛星來形容身爲人必然的孤獨，以及因那片廣大孤獨中所迎來的相遇。

我們很可能看著人們總忙著擁擠，時時不想落單，社群也成爲人脈的展示。但我卻相信總擠在人群裡才可能是眞正的落單。我們有時吹吹口哨，有時結伴而行。在這太過喧囂的世界裡，有勇氣孤單或許才不會落得那麼寂寞吧。

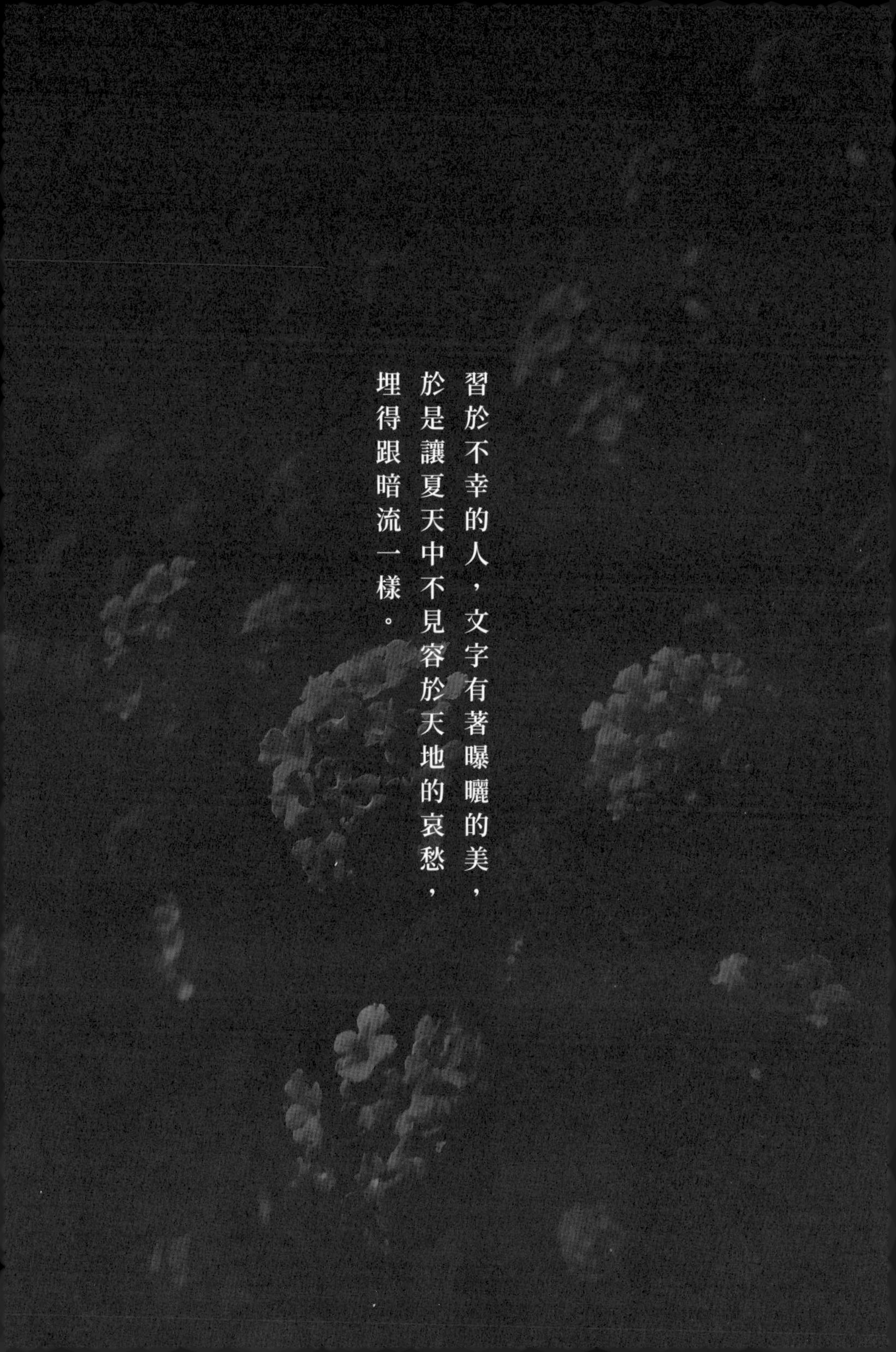

習於不幸的人，文字有著曝曬的美，
於是讓夏天中不見容於天地的哀愁，
埋得跟暗流一樣。

即使關係再親密，仍然不可能眞正了解彼此

我所敬重的佐野洋子與谷川俊太郎合寫過一本書叫《兩個夏天》。他們曾是夫妻，但他們書寫的夏天，溫差卻截然不同。一個是看著夏天的風景從窗外遠去，如同置身在車廂中的旅人。另一個則是正在豔夏裡，卻在那正午的一線黑裡感到蔭涼。

明明是夫妻，怎麼是這樣不同的寂寞風景。但正因爲這樣，你反而感到無能爲力的深情。

佐野洋子與谷川俊太郎兩人都是作家，從事著直視寂寞的行業。幾乎是本能性地寫出夏天尾聲時愈來愈長的黃昏影子，如同夏天在詩人眼中的本質是：沒人知道那是生命之中僅此一次的「夏天」。

正因爲他們關係緊密，以至於這本書的寂寞竟讓人感到甜蜜的疼痛。我想原本活著就是會感受到靈魂的刺痛吧，就像吃沙的蚌殼。

這兩個那麼高敏感的人，一個（佐野洋子）往俗世裡活，傷疤沒好就忘了疼似的盡

情過活，她的書《無用的日子》（書寫老年如此坦然以對）、《活了一百萬次的貓》、《原諒我吧我的貓》，都彷彿眞有九條命一樣地厚著臉皮，極爲灑脫，將痛苦混著糖蜜寫出來。文字畫面都讀出疼痛了，她仍在打滾著日子，如同一隻流浪過的老貓一樣。

即便是後來日子安穩點了，她仍然如此坦率像知了般過日子，不怕受傷，甚至寫來痛爽。讓你對她的習慣風霜幾乎要掉下眼淚來。

這世上的酸苦歷程，在她筆下都如同童話本質的冷冽，是賣火柴小女孩雙眼看到的那一窗的家庭溫暖，雖不知那家庭是否眞的幸福，但她在點起蠟燭的剎那，則是開心得不得了。兩者到底何爲幸福呢？

佐野洋子就是能寫出那三根火柴點起時，人生僅此一回的絢麗，同時也能映照著人間的黑暗，以三根火柴的亮度而無懼現實。這是女性書寫中能釋放的最野生原始的靈魂。

這樣的人寫起夏天，無論是對家庭中缺席父親的作文揑造、對樹洞中蛇皮的收集、校園的夏天如莽原生態的熱，以及對於健太郎這樣溫室少年的好奇。她的文字能讓你感受到夏天烈焰中，野生瘋長的女生特質，對於不幸有如動物預知風雨將至。比方她寫到當母親望向遠方，她就感到一驚，必須把母親神智找回來一樣。這樣習於不幸的人，文字有著曝曬的美，於是讓夏天中不見容於天地的哀愁，埋得跟暗流一樣。這樣用字的溫差，充分顯示出日子有刀。

如她看到受到保護的健太郎，像看到濁世裡純粹的美好一般。當她撞見健太郎一本正經地與她一般在泥巴裡挖水洞，過程有如做學問一般認眞，甚至脫掉了弄髒的內褲，她在一旁偷偷看著。

還是孩童的她寫著：「看到健太郎露出沒有人保護的小雞雞，我好想哭（…）皮膚又白又瘦的健太郎一個人脫光光地站在暗暗的地方，那暗暗的地方就是很久以前健太郎說過的宇宙嗎？我躲在棉被裡哭了。」

與男孩處境天壤之別的她，曾因爲與健太郎短暫的互動，靈敏地感受到兩人都是同類的孤獨人。即便是這樣被保護著的健太郎，也過早地感受到人生而寂寞的這件事。這樣的痛是意識到同類的存在。

她以童趣的筆法，卻說著冷硬的眞實。孩童般的赤裸眼神，讓一切無所遁形。

而與洋子交換日記的谷川俊太郎，他所書寫的夏天都微涼了，像是記憶中有一個不曾過去的「夏天」，讓他意識到自己總是不合時宜的。

一般而言，「夏天」的意象總是有排擠效應的。大量的歡笑、甲子園的熱血之類的，很少季節像「夏天」有著排他性的意象，被大量引用在廣告之中，彷彿是多盛大的祭典，然他不在那樣的「夏天」。

「國民詩人」谷川俊太郎的「閃回」書寫，讓寂寞更立體地坐在那小男孩身旁。因過度早熟與敏感，在嚴格的家教與精心的培養下，雖然正步上優等生的道路，但他的月之暗面，是沒有「夏天」存在的。

他筆下的男孩小時候愛看宇宙的書，尤其是土星的照片，「那荒涼的美讓我屏息震撼」。當時那畫面讓他感受到的到底是什麼，直到多年後他才發現：「那或許是對人類的厭惡。」

但厭惡的內容並不單純，他不能理解，只知道沒有人類的宇宙觀讓他感到安心，這樣置身事外地去思考世界，看似是做學問的方法，但那片土星的荒涼始終召喚著他。

這讓人想到太宰治，無法想像與人類是親近的，愈知道人類的歷史就益發感到荒涼，像看到馬奎斯的《百年孤寂》一般。書中的男孩被知識養大，眼前的道路彷彿也都被安排好，這樣一眼看到盡頭的聰明人生，除非本質是愚昧的，不然總有寂寥之感。

關於靈魂的低鳴，谷川寫得極美，連日記上標示的天氣，谷川都會用「鎮日霧雨」、「詩情」，而佐野則直白地標示晴或雨。

一個是被大自然養大，有雙被命運打磨的動物眼；另一個被精心培育，傳承了知識，卻意識到人世茫茫的孤獨。兩人都不與世道相同，並感受到彼此靈魂的吸引。如谷川講述愛意時是迂迴的，他寫道：「什麼都想不起來，那個至今連一次都沒喊過的名字幾乎到了唇邊，卻還是說不出來。」而文中那女孩子的名字「既不是母親的名字、不是妻子的名字、也不是女兒的名字」。

又寫著夢中似乎有一個人，他知道如果能睡在她身邊就會如釋重負。如同一負重者寫出了自己的死亡，死之後才想到：「如果那一年夏天能好好休息呢？」夏天對他來講不只是一個季節，而是一種蟬鳴的叩問。

他面對的一切都被安排好；自己游刃有餘地可以應付的人生。這樣的人生在他筆下卻是不可承受之輕，一如夏天不是屬於他的，人生的本位也若即如離。

這對夫妻作家化身為少年少女，交換著生活隨想。女孩希望能將收藏的蛇皮都給男孩，因為它在陽光下亮晶晶的。這樣破碎也很美，她幾乎像呼吸一樣地這樣認知著。

他們彼此的寂寞並不在同一個軌道上，卻彼此吸引，也如衛星擦身而過。一本書讀出兩種寂寞，都讓人悵惘，也感到美好。人生之豐盛不就在寂寞旁邊嗎？不愧是兩大名家之作。

在過多言語成爲濃霧的今日，
文學是大霧掩蓋的明月。

這世界極舊也極新，你我將如何萬變如常？

因工作而重看了電影《比海還深》。當然我近來日子也過得淺淺的，各種訊息叮聲與待辦提醒如拍岸的浪花。我看著樹木希林在電影中處理瑣事。她起身時膝蓋不太管用了，如此吃力，竟爲了拿冰箱裡可爾必思結成的冰棒。她滿足地吃著，我則折著換季的衣服。看著她的身影，想著爲何這樣的簡單一幕會吸引了我而沒有快轉的念頭呢？

明明我在看完這部電影後，還有三件事情待辦，也明明，我剛剛的思緒如棉絮般紛雜不休。但看著她那因陋就簡卻自得其樂的生活，竟在月光下也有暖意。

她在那部電影中勤勤懇懇地過日子。我看著她那半駝的身影，竟無法轉開頭去忙別的。我總覺得，樹木希林這位演員所表演的生活味，像在提醒我什麼。似乎忘記匆忙的日子之外，自己一路邊走邊掉了什麼。

這位演員曾說過，她爲演戲所做的準備工作就是普通地過生活。看來簡單的心法，

「普通生活」很難嗎？如今我們的生活常是快轉或被擱置的，甚至多工而不經心。如何沒有白費地過好普通生活，像是人生的大哉問。

如今懸浮在都市上空的空虛重量，多少來自於有人總忙於證明自己很充實，也有人常被時間催著往前走的。但我看著樹木希林在《比海還深》裡，她與那棟暮色甚深的集合住宅一起過著她的玄冬之日。不好不壞的生活，她專心對日子負責。她呵呵一笑有點愁，這樣的母親形象不是以悲傷為基底，反而是種莞爾，是每走一步會回望你的莞爾，也是總會吹走的和煦春風。

這樣的「媽媽」，是坐立在無常中的「如常」。

如今再回看這部電影，發現其實不只是講母愛，而是更接近對人生的堅持，那是比海還深的愛。光是不負每一天，就是人所能做到的極限了。

海那樣恆常，人生卻無常，我們頂多能做到「如常」而已。她表演的就是這樣的「定」，在唯有變是不變的這世界，她一如往常，且日復一日。

這並不是什麼可誇口的生活，她所說的「普通」也不是時興的價值。很少人再去玩味「普通」這字面下的意思了。我們為了生存，人設總在改變，讓我們無暇去感受無奇的一天。直到感受過人生的大浪後，才發現某一日沒粉墨登場的我們，卻感到全身鬆泛而不心慌，那天才眞抓住了日子的尾巴。

並在多年後會想起，曾經有那麼悠緩的時光。那一天惦念的可能只是從遊樂園出來洗不乾淨的棉花糖漬，或是走在路上時秋風的溫柔。

在無常的漩渦中，會想到的多半是這樣的普通日子。很尋常的片段，及還沒有被自己的平凡困擾住的自己。不用對照誰，那天就是純粹是「自己的日子」。可能老來，才發現那樣的日子竟出奇地少。

能像棵樹專心長著年輪，窺到參天的祕密，光是這樣的堅持，可能就是《比海還深》那部片裡的母親想要傳達給一蹶不振的兒子的訊息吧。其中的台詞有段很像日本俳句：「太陽出來了，你該長大了，吹歪的傘，就扔在原地吧。」

文字爲何仍能給庸碌人生一片清明，或許跟《比海還深》電影的意境一樣。人的愛何以會聯想到海：平靜的海、暴虐的海、看似一成不變又驟變的海。其無窮意義足以能破除思想的死角。

原本就該是這樣吧，文字代表著想像未死。只要想像沒死，人生際遇就算磨人，也不會磨乾人的靈魂。而文學就是觀察細節，從枯枝敗葉中有了重生的力量。

網路上的字海與文學畢竟不一樣。在過多言語成爲濃霧的今日，文學是大霧掩蓋的明月。

人們總嫌棄老舊偏愛嘗鮮，然所有加速的新都以甩尾人的方式前進。只有經過歲月淘洗的堅定可以接住人。如當年樹木希林展現的萬變如常，也如書本的意志大過於一生。那個老屋裡的樹木希林，仍在影像中走動著，那樣的日子很少會被提起，但沒有比那一幕更能訴說「永遠」的了。

有了自己的完整，
面對世上的殘缺，
便有著與他人不同的安適，
但同時也有著對照世道的過分寂靜。

在浮誇時代中，如何當個現代隱士

這世界正一頭腦熱地失速中，也反映了人想恬淡是難上加難，彷彿在亂世中孤舟垂釣，難免有幾分悲哀。

《勿說是推理》這齣擺明了不是以推理爲主的日劇，可以說是日劇大膽的嘗試。每兩集如一書籤，自信地取代了推理的本格路數，反而像人間小記，一路散落了許多閒雜人的心事。

男主角總是路過但不介入的姿態，替人揭開了謎底，但因爲不介入，反而如明月的照耀，透出人世的幾許滄涼。

這齣劇的魅力在於主角「久能整」的人物設定與這時代氣氛非常違和。一般的刑偵推理劇多少是警探追索著城市之惡、嫌犯的深淵。但久能整這個推理天才，對世事卻不過分掛懷。破了大案，也比不上他煮好一鍋咖哩來得高興。他的小宇宙無人能踏足，他像個衛星巡守自己的軌道，與這人間煙火無關，甚至更多的感嘆也是沒有的。

彷彿戲還溫熱著，他這人就準備要散場。這樣的人物在這二十年的戲劇中都不存在。

當然故事對他的疏離原因有若有似無的暗示，勾著你從不同案子裡看著久能個人世界為何如此無風無雨，你知道這中間有他過去悲傷的伏筆。比方在第五集，炸彈客說著他與母親的過早分離，久能整在危機解除後，自己也想到童年時母親留給他的背影。那背對他的女人說著：「對不起，媽媽已經什麼也感覺不到了。」然就一剎那而已，之後日子又輕飄飄地過去了，彷彿風吹走什麼都是自然的。

這樣的劇情節奏與敘事風格，讓你知道更深處的東西是日子吹不走的。故事於是日顯重量，從輕鬆的機智探案，慢慢到久能整不帶偏見、也沒想從他人身上獲得什麼的眼神中，彷彿看出清水流下的泥沙，這是日本文學一貫以來的底蘊。狠決與悲傷的，都藏在某個閒適的午後、落雪的清晨，或是久能整正要做咖哩的周六。

顯出人人都努力地要過好日常，怎麼影子卻愈來愈像牛馬樣地駝不動。而久能整這樣保持距離地介入，反而獨獨留著主角身影訴說千言萬語。

因此與其說久能整是個探案人，他更像是個讀心者，看細節多過參與。他在眾人中當一個漫遊者，大於凡事以自己為中心。這樣的生存態度，反而有一種悠然，且大隱隱於市之感。

如何在都市裡當一個隱士，這齣劇竟提供了這樣的興味。其他人的匆忙，對照著他反而像一段鋼琴獨奏處於舞曲中。《勿說是推理》的確以這樣奇特的劇感吸引了一票劇迷，在那輕愁中，竟像在月夜裡獨自出神的萬般感受。

劇中有不少對話很有點哲學意涵。這在久能整與實力派柄本佑飾演的炸彈客篇中盡顯無遺。整集都在兩人的涼亭對話進行，並不無聊，反而慶幸警察出勤只占幾分鐘，這是因爲那段談天引用了日本詩人三好達治的〈嬰兒車〉開場：「母親啊！我心裡明白，這是一條如此長遠又無止境的路。」

「母親」對他們倆人都是人生謎面的開始。炸彈客的是母親出走，人生太早就被放手，他的「嬰兒車」如浮木，沒有根也沒有盡頭。「母親」是一個命題，鏡頭照出兩人母親的身影都是逆光的，都是在陽光很好的天氣之中，一切應該正常，卻是他們一生問號的開始。

另一則故事則是久能整遇上了老警探，老警探拋給他自己最難破的懸案。在住院的夜晚，兩人忘記時間般討論著，對談穿插著《沉思錄》一書的名句。久能整看著老警探不願面對舊夥伴的心性轉變。以《沉思錄》書中的一段「夢醒時分，才發現竟是夢困擾著你，如凝視夢中之景，也凝視現實之物吧」，作爲對破案的醒悟，讓老人拍案一笑，痛快地告別人生而去。

像是又吹熄了一燭火，也像是看著泡影之中的誰又喃喃自語。這齣劇就這樣以一千零一夜的方式訴說著人們的頑痴，許多人只惦念著表象而走進迴圈般的一生。

又一集迎來令人心碎的被家暴孩童，各種不同的家庭暴力，與老師的殘忍天真。這時已經不分大人與小孩何者比較愚昧，而是人都是不分年齡地害怕著。但久能整的童年是家長只給了他一個空殼的家，於是他自幼像冥王星一樣，在太陽系中「不存在」似的，成為一個習慣看螞蟻的小孩。

他將這最無聊的事情看出點意思來，當時有個阿姨走過來問他看出了什麼，並問他「蟻」字中為何有個「義」在其中。就這樣，來看他的阿姨一步步教他如何將理所當然的事物翻面來思考，重新打磨其意義。於是小處觀察養成了智慧，小孩有了大智若愚的開始。

久能面對充滿憤恨的嫌犯，說出了自己的人生觀：「你只要思考就好了，思考你身邊的一切，不斷地想，再把這些事說給某個人聽。」等於久能這人完成了他的自轉公轉，完成了遺世獨立，也完成了他個人的完整。

有了自己的完整，面對這世上的殘缺，便有著與他人不同的安適，但同時也有著對照世道的過分寂靜。

這世界正一頭腦熱，讓久能整這人有不能不如此的恬淡，彷彿在亂世中有一孤舟，垂釣生之哀愁，同時敬了這世界久未品嘗的清醒。

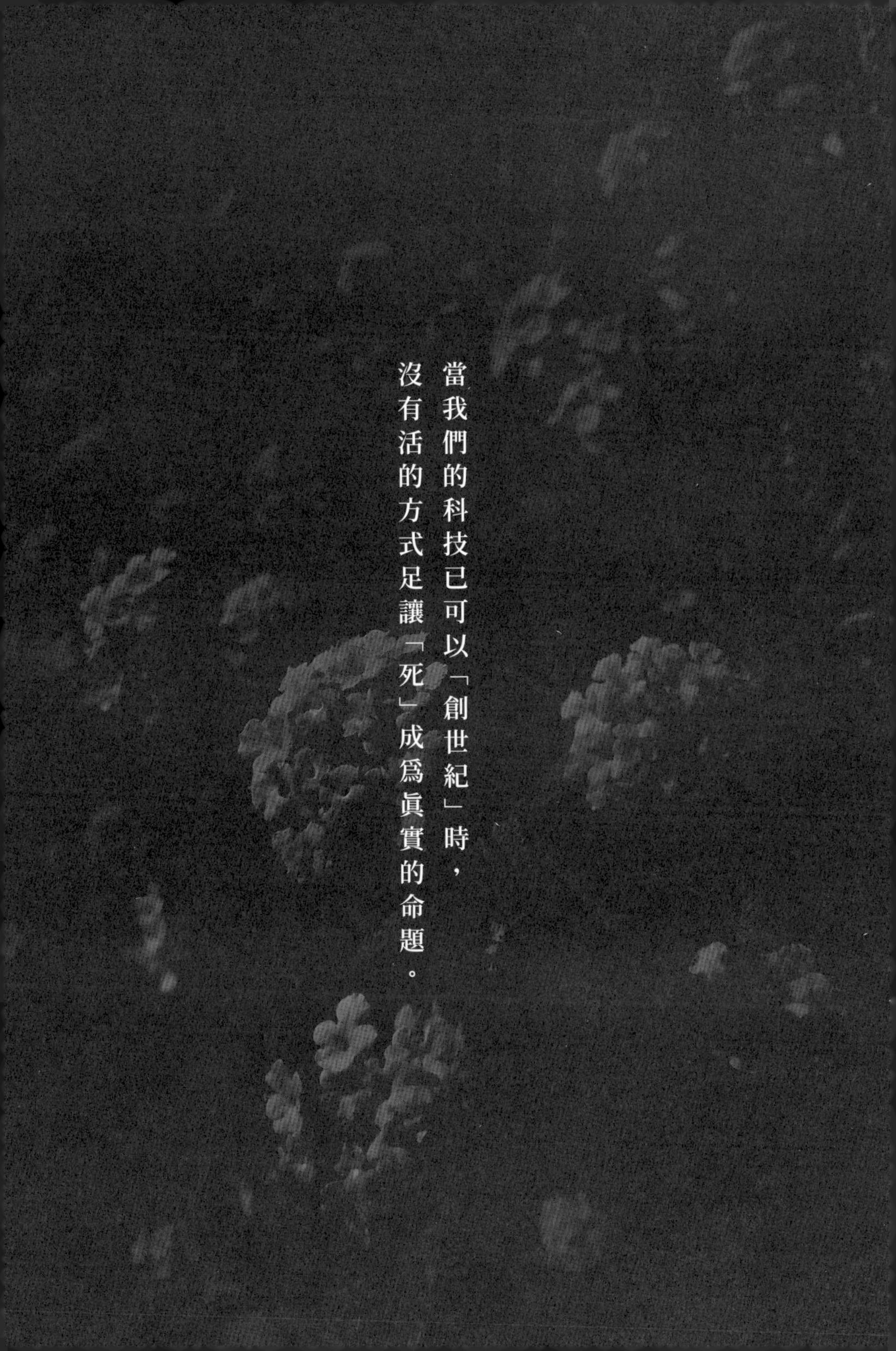

當我們的科技已可以「創世紀」時，
沒有活的方式足讓「死」成爲眞實的命題。

人類文明原地打轉的寂境

如果這世界沒有電影與文學的話，世人大抵上是無法抽到主宰者手上那張鬼牌的，我一直這樣相信。這個世界被少數的主宰者玩得密不透風，從我們一生下來，就被無限的「習以爲常」與「視而不見」所制約。

電影是其中一張鬼牌，一旦翻開，足以構築另一個「倒反的世界」，可以說是我們文明的倒影。

每一代的人看似有規則地延續下去，但每一代都有屬於他們的迷霧。

在這樣的謎面裡，無論社會、政治、經濟，久而久之都讓人霧裡看花，這點我們跟古人並沒有兩樣。以爲看到了眞相，但背後都是類似魔術方塊的系統。

人類就被牽引著往別人設定的重點看去，而那些「看不到的」才是主宰我們走到今日的原因。

看似進步，但「名爲」進步會更貼切些，我們的集體行進也是集體的迷路。身分認知隨著時代稍稍偏移，迷宮就降臨了。忙著新的對焦，有如動物星球頻道裡莽原上動物的大舉遷移。

看似如常，但纖毫足以劇變。從發明影印機開始，看似省了時間，但對生命的虛耗量卻有增無減。

若我是個外星人，一定對人類很好奇吧？以進步爲名的忙，背後的主宰者始終是那百分之二的人，即使狐疑，也不惜對同類，甚或對自己很殘忍。看來，卓別林《摩登時代》某一版海報上爲自己的一隻眼裝上齒輪，成了半機械人，竟是神預言了。

超前人類史的經典電影《2001 太空漫遊》，它的背面則是《2009 月球漫遊》，後者拍出了人日常根本看不到的自己，那個即將被影子取代的主人（源自安徒生童話〈影子〉）。

那些背後的潛台詞與白噪音，都藉由影像藝術湧現。當人類已是燈下黑時，電影的聲光一照，無所遁形的心魔都在電影裡。

畢竟電影從一八八八年、工業時代開始走旺，人類當時正走向另一個月台，從工業化，到機械化，甚至AI智能正要普及的現代，AI與機械化在人的潛意識中成形（你那麼依賴它，它一定會成爲你的一部分）。

於是《2009 月球漫遊》成了我們能攬鏡自照的藝術，不只對自己的外貌，包括對於自己的誤差詮釋，都存在於「電影」的鏡像裡。

如果《2001 太空漫遊》是神滴下的露珠，看人類起源到滅亡只幾宿的光暈。那麼《2009 月球漫遊》則屬於我們的漫長，如一小蟲子不知自己困在露珠裡，以爲這一切文明都是無盡頭的。

那片中的機器人以身爲「人類」的認知產出，它的內建記憶都有故鄉與家人。它有理所當然且無暇深思的目標，它積極地實踐著，每日都勤懇於它的KPI。看似不是毫無意義地「活」著，甚至沒有一刻不像人類。

連人類那如房間中大象的煩惱都有，就是以爲永遠還有「明天」可煩。這樣如凡夫俗子的機器人，服役期限到了就變成一組編號，如此眞切的「人生」可以一筆勾銷，從零開始再循環。

它永遠在那個孤寂的月球上，做該做的事，伴隨它的是另一台機器。日復一日完成使命，卻沒有所謂的「一生」可言。這不同於哲學家海德格所謂的「以死向生」理論，它更進階成以「以死物擬眞」的人生。

它擁有的人生與它的意識，眞到像我們的現代生活反映在鏡子裡。慢慢地你會發現我們的社會擬眞了、交友方式擬眞了、審美感擬眞了、價值觀擬眞了、人的對外狀態也擬眞了。在這樣擬眞的世界裡，的確會像那機器人所質疑的：那麼「假」又是什麼？

如果電影是以「假」來還原「眞」，如同「眞」已被列爲保護動物一般，必須用憶起的、觸發身體反應的；有如「普魯斯特效應」，以一杯茶來喚醒我們的「眞實」。

當我們的科技已可以「創世紀」時，沒有活的方式足讓「死」成爲眞實的命題。一個眞人或一隻桃莉羊所夢到的眞實人生，那就是電影。在被取消了「眞實」的世間，人類與仿生主角一般，連悲傷的指涉都不確定。

那裡面機器人流的眼淚是眞的，然而隔天「他」就跟它一樣，都將煥然一新地遺忘了眞實。

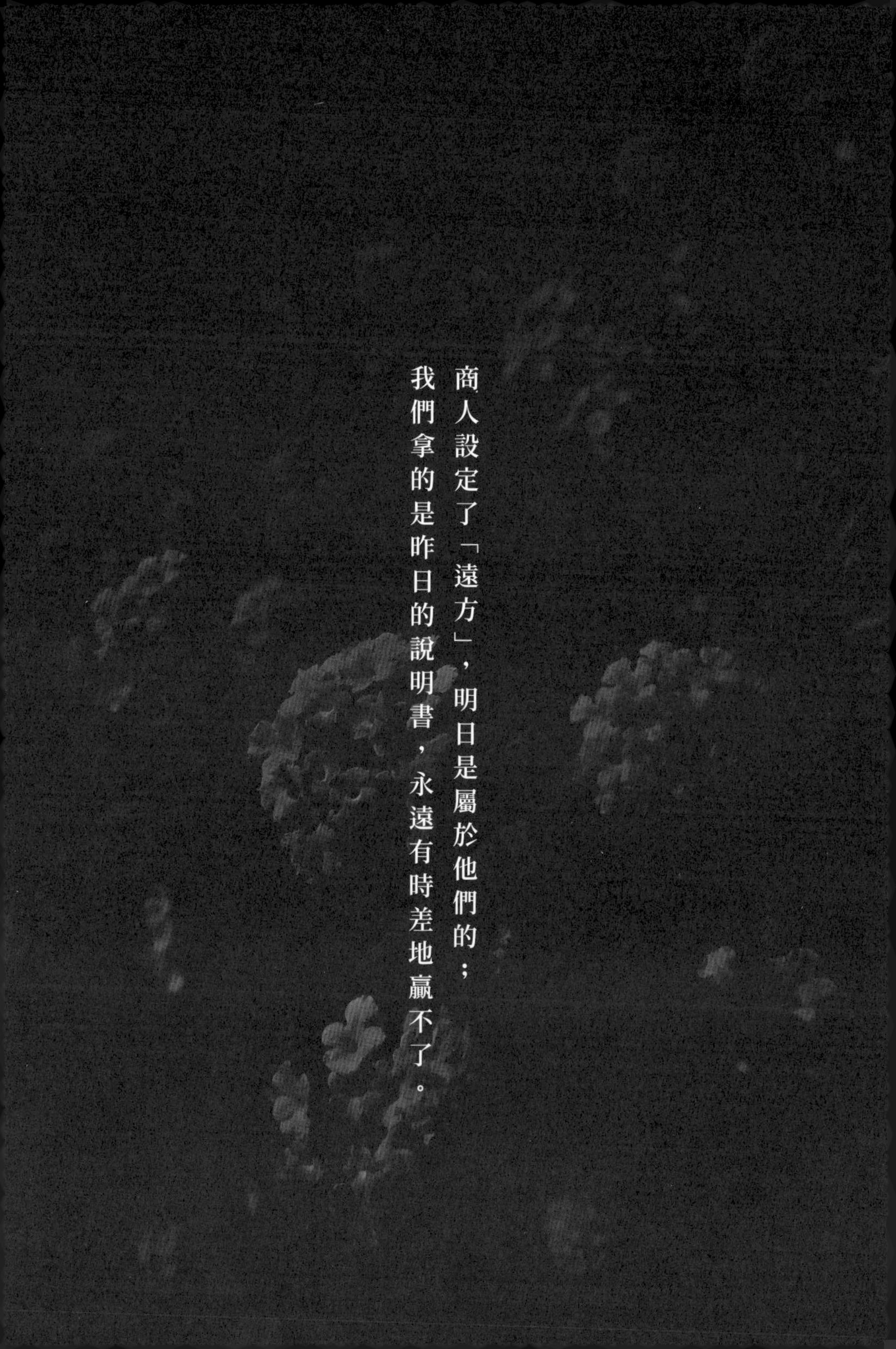

商人設定了「遠方」，明日是屬於他們的；
我們拿的是昨日的說明書，永遠有時差地贏不了。

當一隻末世代的食夢貘

自從空中總有很多假新聞後，我總覺得身處的這聚落早幻化成漫畫家伊藤潤二〈漩渦〉中的場景，遠方會有一活生生的煙囪，類似有機體打造的長型煙囪，卻肉胎似的不斷成長，成爲「神聖法器」一般，如同城市中的摩天樓，提醒我們莫衷一是的信仰。

它總排放著濃濃灰煙，每日都有一定的量，如天空中有滾滾大浪。但因爲是如此日常，我們開始無所覺，只是我們這村落中有些「村民」形同上癮一般，呈現了迷醉的表情，像他們從那些假新聞中能嗅到罌粟花的氣味，或是終於能從現實焦慮中解脫一般，呈現一種如夢似幻的表情。

他們開始宣傳那「假新聞」的福音，甚至連「眞新聞」都被他們講出了幾分的假。他們情緒澎湃，永遠有討伐的目標，也總有一觸即發的怒氣。他們叫嚷著且在同一時間，又如學舌鳥般嘰呱。他們的激昂止於前戲，有如豪大雨聲，被什麼屏蔽了以後，就消失在「隔日」的簾幕後。

等著下次天線上又聚滿了學舌鳥，體驗又一次激情的爆發。

彷彿我們這村落已活得很麻木似的，只剩下機械運轉聲。我們這裡的確過分「安靜」了，不是我們沒發出聲音，我們仍充滿日常的對話，但「日子」在這裡卻是被一格一格地抽走，它的淤積量太大，讓我們日常的轉速有時過快，有時卻像是當掉的遊戲機，卡住了只剩噔噔聲響，彷彿我們還在預演著「昨天」。

但「明天」卻已經上路了，並在月台上發出跑馬燈般的聲明：「下一班的旅客請快速上車。」卡在某個齒輪間的我們，不斷感受到警鈴大作，卻不知道自己是否無法拿到所謂「明天」的票券，還是那個「明天」只是幾個巨富的假操作。

圍繞著我們的城市則像樂高一樣，可拆又可重建，都近似於我們的記憶，又非是眞正的歸屬。因爲那麼多的假豪宅與飯店，像是這個都市並不需要天空。我們是樂高城市上的小兵，看到城池被抽走以後，又換成另一個巷弄設定，但那巷弄緊鄰著太多商場，「它們」長得一模一樣，比積木還像積木。我們遂往記憶裡鑽，似居民也似遊客了。「新時代」被粗暴改建，原來我們自己才是「時代的眼淚」。

每日吞吐著昨日的殘餘價值，等著巨富把我們直接丟進另一個抓娃娃機系統，以百分之六十五的機率貶值著。

社群設計成各種「樂土」，但有規則方寸。我們在小小的領地中以當一個「自耕農」的心態，希望開出最鮮豔與最豐盛。但這裡的土質養分不夠，枯萎的花就在鄰近之處，以至於我們的最鮮豔開出了塑膠的人工色彩，很像是巷口玩具的顏色，以「明日的垃圾」的型態盛開著。

所有的「不值錢」都在快速輪轉，等著玩遊戲的巨富重新標價。偶爾有幾人醒來，發現我們像是古代地主掌管的農夫，耕種的像是自己的田地——但其實不是，對方的一個動作就可以取消你的「過去」紀錄。

我們的「現代化」無法估量，因爲資訊多到我們忙著傳聲與消化。只要當機了，就如同遺忘的旅人，以「浦島太郎」的眼神來看這「新世界」，不知究竟是自己忘了還是被遺忘了。

我們的「現代」原來是要打造成這樣一個夢土啊。人夢得七七八八，平均夢得碎碎渣渣。在這商人打造的「夢之鄉」裡倏忽轉醒時，因每人醒來的時間不同，醒來時會以爲是孤獨地在太空漂流。

如同一科技廢料、或一被遺忘的太空艙，也像是雪歌妮・薇佛知道異形緊隨著的巨大密室感。這般在夢之土醒來的人如在太空中尖叫，只巴望在商人調好的數據與恆溫中再次睡去。

我們在肯尼與芭比的世界裡玩起眞人的遊戲。我們可以跟彈珠遊戲一樣發射，爲了溫飽一日徒然衝刺，之後才發現「哪裡都沒去」，只有集點與瀏覽飆升。這都是商人設定的「遠方」，明日是屬於他們的，我們拿的是昨日的說明書，永遠有時差地贏不了。

「時間」在他們手中成爲輪盤，既像流質也像是量化的財產。他們許諾我們有更浩瀚的「元宇宙」，也許諾我們外星球可以成爲遊覽地。他們將「時間」解構又加蓋了一般，讓我們從那裡面滾了出來，像一隻小肉蟲，也像一隻死了又醒過來的夏蟬。當時間感與其價值變了以後，它的被撥快是否又是漫長的無謂。

這樣將時間壓縮檔與表情包都裝箱的夢之國土，讓我們都醒來在各自的「村落」裡，依照著群體的熟悉度有限過活著。當村莊裡所認知的信仰與他村不同，我們要與別村達成共識很困難，因爲卡夫卡的「城堡」設定在網路上，人們都交換著覆蓋貼上的信念，相信著一個打不通的電話。我們認爲有了足夠的帶領，前方煙囪排放出的消息如一明燈，足以代表我們這裡並非虛幻的交流，我們個人也有了所有答案的公式。

我們在程式計算的夢土之中，各自安居在自己的小村落，讓程式培養的幅員比我們想像的更遼闊。

這算不算是一種「傳染病」呢？真假新聞的餵養如奶水益發不足似的，隔壁聚落聽說有上癮的人正快速吞食，他們呼喊得極大聲，像對某種新集權的召喚。簡直希望那煙囪排出的能種出麥穗，成爲精神食糧，讓他們走路都像踏在夢之土，飄飄蕩蕩。隨時有著下一次被呼召的快感。

我們看到隔壁聚落的人有如瘋癲，他們則看我們有如傻子。我們開始相信自己的煙囪該排放更多的煙，最好傳染到隔壁去，讓他們能醒在我們的夢裡。

然而在夜色朦朧之際，我們不知道自己爲何會憂傷，彷彿我們曾一覺醒來，而那是一個足夠清醒的一刻。我們曾聽到窗外的風聲，與不遠處有母親的哼歌洗碗聲。那時我們不知道自己幾歲，還不能走動，只靜靜地享受那寧靜的下午。或者有某一天，我們放空了自己是誰，只純粹感受生命當下，如同夏蟬叫得歡快。那時生氣盎然，我們還沒有被移植在數據的夢土裡，我們且還能被未知力量接住的時候。

能安安穩穩地啼哭、安安穩穩地作息、安穩地去體驗各種偉大。那些日子曾清醒得不得了，我們僅偶爾想起，就想逃開現在的夢世界與自己的人設，回到各種生命都彼此相容、有如花圃的世界，以一雜草的生命回去。但那有如潛逃，像重新學會走路一樣才能爬出商人製造的綿延夢土。

然而就算某一天醒來了，也可能是只有自己獨自上路的旅程。

你行走在文明正成殘骸的路上，也走過那有如馬戲團的社會設定，與伴隨著它的激情與寥落。你才想起了活的滋味，也想起來人類舉目已是鄉愁。那自然是有點哀愁的苦味吧，但你我得將其服下，回到殘缺才有美的時空。人有權追逐科技的永生，但在這搖籃曲裡，有人還是寧可成爲一隻不古也不今的食夢貘。

輯四

不斷想逃離自己，
他方永遠無法抵達

過剩的欲望像爆米花一般，
當下卡滋卡滋地沒來由產生了。

大小螢幕的夢中夢，誰在引人走入良夜？

我誕生在發明彩色螢幕的元年，我印象中的螢幕世界，的確跟現在滿滿的人手一機不同。

那時流行的螢幕大小適中，正好吞噬一個人，或可以只照亮一個人。在那樣年代裡，大家都已跟螢幕相連了，好似蝸牛一般，隔日閒談的也是與昨天八點檔有關，人人說得上幾句「楚留香」。

原本只是每一戶人守著一城人的夢境，之後大街流行的是一整面的電視牆，以及大樓監視器中微閃的銀光。對我這個晝伏夜出的人來說，是另一種召喚，彷彿廣告的餘溫必須有二十四小時的膜拜。

九〇年代的夜晚走在台北街上，面對的是一整城不關閉的螢幕，高樓上的廣告閃動的總是西化美女的笑臉，衝進耳邊的則是巷口某家的球賽喧鬧聲。回到居住的大樓，那不遠處在閃動的監視螢幕是藍灰的閃動，而我是一條螢光的魚一般，游進一個被打造成夢的世界裡。

對我而言，現實大抵就跟著大家一起入夢吧。只是我睡不穩，更多時候像是參加一場夢遊派對。

我戴著狸貓的面具，參加各種拜物的祭祀盛典。

它初時並非密不透風的夢，讓我對於其中的酣暢與激情，總有著在節慶末尾走在滿地爆竹紙花上的錯覺，這大概也是我喜歡都市生活的原因。街頭的小七確保著這集體的夢仍在運轉，催眠的咒術仍然存在，偶爾一些稀落的聲響，或看到雖沒壞卻已過期的麵包堆放在廚餘桶上，感覺世界人造化後的都不值錢，所有的價值觀正在顛倒。有時看到一隻貓輕快地跳過矮牆，這人造的夢才有了一點破口。

那時候電視螢幕的法力雖有限，但可以讓老奶奶在前面打著盹，在益智節目的吵雜喧鬧中得到陪伴。我對過去電視時代有限的懷念，是那些螢幕總亮著共同的回憶，無論是陽婆婆短劇的笑聲或周星馳的賀歲片聲音，都如家常菜一樣，充滿著等門的安靜力量。

那時候的世界還有著「萬家燈火」的重量，喜怒也可以混沌帶過，有如神在打盹時垂釣的一個夢境，一點一盹地魚餌也跟著動了幾下，那時候的世界是可以這樣關機的。

我們並沒有成為被觀看（包含被自己觀看）的動物，精神上並不可能像動物園的動物或是咖啡廳裡養的寵物必須時刻情緒勞動著。

但終究，人類不可能只滿足於白天夜晚各自安分的時光。我們仍然打破了中間的界線，將情緒勞動推遲到睡前的一刻。

過剩的欲望還是像爆米花一般，當下卡滋卡滋地沒來由產生了。

或許從貞子自螢幕竄出，或是電影《鬼哭神號》中小女娃說電視中有人叫她，我們就注定會以科技將其成真了吧。無關鬼魂，只是無孔不入的欲望而已。

然我這個人之於這樣的集體夢境，只能帶著睡袋，卻不能在其中安心夢遊。

畢竟這夢世界不是用來讓人感覺踏實的。自從每個人都有一個帳號密碼登入的手機螢幕後，夢中就還有夢。一方面服從著這些夢般的指令，同時也略感不安，我們到底在服從些什麼。曹雪芹筆下的那些「浮生夢」仍保有粗礪的現實，但我們的夢，則像是編碼過一般的光滑。我們的夢中似乎有了一個匿名的神，他或許只是比爾．蓋茲或祖克伯，但他們更像祭司。

這樣令人無法安心的夢，好像是我們在名爲「烏托邦」的概念中又被孵育一次。

這似乎跟班雅明所說的人能孵出專注與忘我的「夢鳥」不同。我們明確知道程式的組合會是個孵蛋器，它在精神上是個密閉空間，於是許多人開始感到躁鬱，如同鳥兒會集體撞玻璃一樣。當牠們發現天空只是倒影的時候，才發現眼前這個夢是多層且上鎖的。

正是如此透明的結構，折射出每個人的天空。每個人在碎片中翱翔，卻同時又因天際線的不再高遠而心慌。

第一次感到眾人的夢如被指令召喚一般，是在看了日本推理小說之後，尤其是女性寫的。她們最擅長的是將筆當成縫衣針一樣，勾出這夢裡的透明絲線，一點點破壞其紋理，讓人看到那光滑之下，一堆棉絮般的東西在纏繞著，且糾結得緊。是欲望吧，也是壓抑後的吶喊。這些絮狀物，被她們寫出幸福與欲望混爲一談的光景、自我在物質上無法對焦的茫然，以及有如流沙般無法踏實的自我。

無論宮部美幸、湊佳苗、角田光代，都在戳穿那夢的結構是如此密實，且我們被孵育在裡面的樣貌多麼虛幻。愈走就愈像陷進流沙一般，讓人鬆脫沉淪。另一個自我則必須單薄地活在明亮裡，愈活愈破碎，像被群體之夢給吸乾了一般。

過度想滿足他人與過度滿足自己，都是社會這個夢機制的養分來源。

大小螢幕都像是各路神魔的領地，祂們打著盹，垂釣著我們在每一攤淺汪裡的徘徊不去。

讓人想起那些忍不住想逃的人，像作家三毛逃到撒哈拉，如本能性地想逃出這世界的幻術，也有電影《猜火車》的逃法，穿透夢境的瀕死一般。還有想寫作的人的堅持，因爲寫作本身是面照妖鏡，想看穿一切的障眼法，只好用筆戳穿一個洞眼，看著自由究竟是什麼樣子。這樣日夜看著，看到想掉淚一般，自由是這麼奢侈啊！

即使身體還拘在夢裡面，受到各種匿名的指揮，但拿筆看著就以爲有一剎那的自由了。大抵是這樣，我們所以能忍受被大數據演算、被鏡頭監視，今後也擺脫不了AI的進化與商人拿它來控制我們，但一眼透過窗紙看到過眞的，那些鋪天蓋地的假象就算上戲也會落幕。

我終於能安睡在這很滿的假之中，因爲我還擁有這世上百分之零點零一的眞實。那個火眼金睛的「良夜」暫時先放過了我。

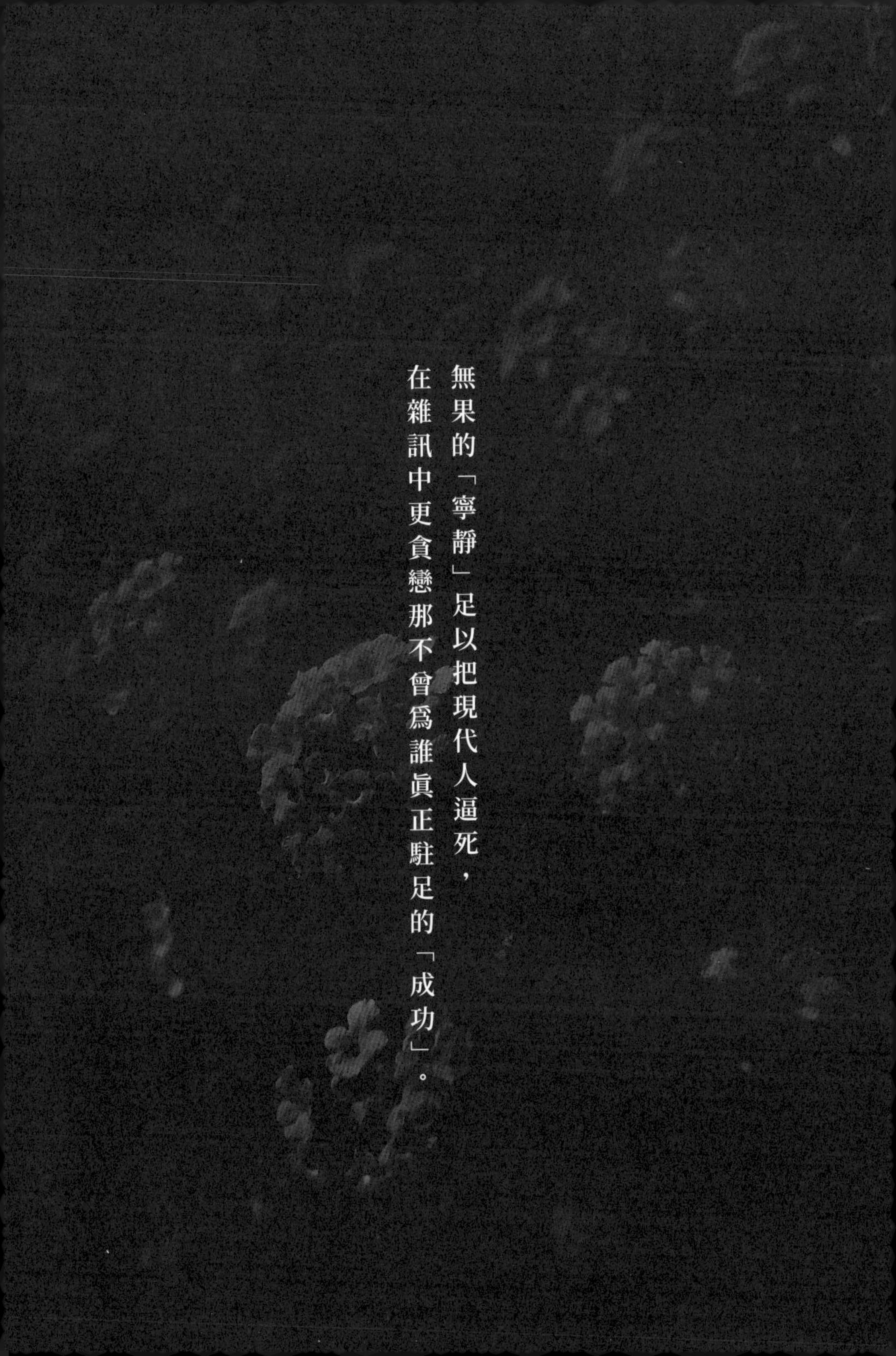

無果的「寧靜」足以把現代人逼死，
在雜訊中更貪戀那不會爲誰眞正駐足的「成功」。

這世界就是「歡迎光臨」與「謝謝再來」

這時代有一個趨勢，人總是要忙不迭地證明自己。即便今日證明了，但僥倖感揮之不去。

我周圍平均有五個中年人爲此而不安，同時有三個去登了大小百岳才能回返這個看似「人人有用」的世界裡。

然今日的成功又跟整形過的臉一樣，不知爲何總有點相似。像是某種讓人成癮的東西，即便成功了，也不獨一無二，比較像搶到了某一位子，扮演著顯而易見的那種「成功」。

在那麼美的世界，我們在做這種類似塑膠花的事情，並很努力地仿似新鮮的，且愈來愈無法眞正說服自己。

於是我們有點像三明治廣告人了。在網路的大小甬道上，昭示著自己生活的品質與前進的項目。但路人之眼無法定格，我們總在演自己的獨腳戲。

至於我們跟誰證明了什麼，則如同一陣穿堂風，呼嘯之後又歸於寧靜。這無果的「寧靜」足以把現代人逼死，因爲自己身後會湧來白噪音，在雜訊中更貪戀那不會爲誰眞正駐足的「成功」。

的確很像村上春樹《1976年的彈珠遊戲》裡，那不知爲何發射的鋼珠球，只爲了「本身的設定就是如此啊」，同時又衝向回返的遊戲。機械的速度讓人無暇問這遊戲生產的意義在哪裡。當然也像村上另一本書《舞，舞，舞》裡所點出的：繼續跳舞啊，不可去想什麼意義。

當然，正這樣想的我，可能又浪費了一次證明自己成功的機會。忘記標注一下：「我很努力。」

但認識每日生活的局限性，有可能才是人類這動物比較能適應的吧。每天有一件可規律做的事情，感受一下陽光，睡前想一下「果然還是無法做到啊」或是「果然還是不適合自己啊」這樣類似關節痛的眞實感受，或許才能感受到自己像一條舊舊的毛毯，垂墜在一個陰天無法曬乾的眞實處境了。

類似這樣不好不壞的，不用跟誰證明什麼，只是在下雨天可以盡情聞一下泥土味，或是大晴天聞一下肥皂洗乾淨的味道。就只是讓自己的感官想起來什麼是活著，卻常被視爲是「廢」，且自己還有點心虛呢。

我曾看過一部冷門片叫《漁港的肉子》，電影一開始，在香噴噴又令人忌憚熱量的想像中，由漂亮的豬肉油花中「誕生」了肉子這女生。她是一團粉色的胖嘟嘟，在動畫筆觸裡很可愛，但在故事現實中，她似乎成了一個勇者無畏的天眞代表。

肉子本身沒有任何成功的條件與資源，大概也因爲如此，她活得像大草原上的動物一樣。這世界對她來講，就是「歡迎光臨」與「謝謝再來」。

無論她談過多少次狼狽的戀愛、被騙了錢、自己養大孩子等，她都還是「每天都做到自己極限就夠了」地活著，或是「就眞的沒辦法啊」那種心甘情願投降的爽快。

肉子的每一天都只是重複的勞動，但每一天都有「下一刻」可以期待。比方終於可以休息的黃昏要來了、今日即期麵包終於有自己喜歡的口味……這樣的「下一刻」。

就是這麼簡單，如同路邊的石頭從來不用證明自己的心安理得。

她依照自己極限活著，卻被當成「奇怪」的存在。包括她的女兒阿喜都狐疑母親的人生觀。那文青少女已開始思考「自己是誰？」、「要怎樣活著才是自己」這類問題，對照著肉子，好像肉子才是那個不思進取的人。但沒人比她更愛生命了。

她哭跟笑沒有城市人的「得收斂幾分是剛好」的訓練，且她的食欲是滿載的。她像草原動物一樣，擁有沒遲疑過的生命意志，也沒問過爲什麼要活著。

阿喜那些存在的命題，相對於肉子，幾乎是丟了一粒沙子到大海裡一樣。阿喜在肉子粉粉的肉海家裡長大，被她如山一樣妥妥給接住。

雖然她看似不解阿喜，阿喜似乎才擁有讀書人的哀愁，且世人都推崇後者這樣的纖細敏感。但無論這世界如何醜陋，又爲何妨礙到我們熱愛生命呢？

就這般單純地活著，用了他人認爲很愚蠢的方式活著。肉子的男人跑了，她因此背債。悲情程度接近「令人討厭的松子」，但肉子還很是歡喜地活著，彷彿這世界眞的容她赤膽赤誠。

她沒有想過「純眞」以外的選擇，她連「純眞」與否都沒想過，就純粹地鮮活回應這死板板的世界。甚至別人覺得她不幸也好，但她的眼淚卻從沒有爲自己流過。這世界的擦撞所在多有，她沒覺得自己該比別人幸運，從而也沒覺得自己多麼不幸。

像零一樣無所不在，回應這世上本來就有的花草與空氣，這般寬寬鬆鬆地活著，每日都做到了自己的極限，然後就安然入睡。

忠於每一天的結束，如此一生也會做到了自己的極限，有一天終於能安然告退。

如果說爲了成功卻荒廢了日子，或是窮於思考存在的意義，卻沒有存在實感，不如像肉子，「今天」就是一輩子了，始終如一。

我因她而想起了蘇軾說的：「人生識字憂患始，姓名粗記可以休。」我猜安於接受生命的矇矓，才是看清這世界的開始吧。

一粒塵埃因爲風而能飛起來，
但被物質固化的世界，連風都沒有。

明明看見的是善，爲何卻激發出惡

我正在一間消毒妥善的電梯裡，裡面正放著令人舒緩的老式情歌〈田納西華爾滋〉。這個電梯奇妙的是：它的窗口不是對著外面的風景，而是看著樓內本身平均每秒一層的變化。如此我不確定要按哪一層樓離開了。

或許這一台標示爲「中老年」的電梯就是沒有「離開」的鍵可以按，而我們正有效率地往摩天的概念前進，雖然時刻感到肉體殘朽，也同時感到時代加固與創新的拉扯。

此時我還在舊世界的殘骸上起舞，在「未來」這個不是人人都有邀請函的世界，我目前只掛上了「暫時體驗」的磁條。

或許由於少了一點實際參與的氣氛，我終於看到了村上春樹所謂的「流行的惡與流行的善」是如何接班的。兩者糾纏著，簡直類似愛情劇的俗濫戲碼。善與惡，在我眼前互換了彼此的衣物，剎那間，讓你以爲它們就是雙胞胎。最後如路牌分立兩邊，宛如它們是開展，也是盡頭。

兩者戲服互換的兒戲樣，我無法從它們的流動之中，爭取到片刻的醒神。人間下一題的善與惡往往就湧上來了。

而我又是什麼時候進來這台電梯的？彷彿之間我還在類似 Edward Hopper 畫中臥室的一角。床上還有剛醒的餘溫，陽光卻太早提醒了我早與外界現實錯開了一大步。

屋外仍聽得到許多人在討伐某個名人的失言，要在網路上取消他的存在。這似乎是每周的活動之一，而我在 Hopper 的陽光裡，體會到失語才是這一陣陣喧譁的根本原因。

這個世界愈嘈雜，我愈覺得人們活在一個失語的世界。用的話術與詭辯愈多，愈覺得天空的雷都是一陣響屁，每個人在自己的失語中動輒寫上五百到一千字的「無言以對」。

如今我搭乘的這台電梯，它簡直像《異形》中雷普莉的個體休眠艙發射出去後，在無垠的太空中漂浮著，看著周遭善惡的隕石流對撞。我像躲在真空包裡，旁人振臂疾呼的嘈雜，都「咻」一下被收入最深的寂靜裡面。

沒人知道網路上爲何每日都要排放大量的廢話，卻簡言之都是「我在這裡啊！」這樣的孤獨寂寞，像是卡在宇宙的牙縫之中，出不去又沾黏著自身存在的疑問。爲何「存在」是這樣輕飄飄的重量？我們人造衛星也架了，監視器無所不在，手機也全天候地搜尋所有人的定位之後。

又為什麼，是這樣明亮的世界裡，卻讓人孤獨到連影子都照不出來。

那麼，全天候照亮我們的光到底是什麼呢？如果我們不去思考，那自己的人生是不是就像翻頁一樣地過了呢？你我反芻社交軟體上如下雨般的語句，讀了卻沒入心，下了也只剩滴答答的潮濕感，我們進步到無法消化我們的寂寞了。

因為可以浪費我們時間的東西有那麼多，而寂寞就是卡在偌大宇宙中的一顆碎屑，無法融入，但是雷達也探測不出的存在，卻在這個過度明亮的世界裡，有著裂縫之深。明明有這麼多的話語，也不足夠把寂寞訴說一二。

但我們卻熱中於討論善惡，每日嘴上跑火車一樣地開班次，爭論你錯還是我錯，誰又最接近正義。如此這般，我們就借題發揮地爬到高處，被人傾聽了個大同小異且換句話說的寶貴意見，這樣你中有我我中有你。寂寞終於在這過程中稍稍退位，如在萬家燈火之外，那個淒清的月亮。

每當有人在網上以正義之名討伐誰，或取消文化野火蔓延，我都覺得綁在十字架上被罵的目標是個虛像。主要是那儀式感讓人欲罷不能，被取消的目標總是春風吹又生（貨源都不會消失），在討伐與取消的動作中，人們終於解脫了自身存在與否，又可以與他人一體的模糊不清，於是生存焦慮就暫時紓緩了。

直到下一波討伐前，無聊、無解與無謂又三位一體地坐落在中間。有關善惡的討論總能取代獨處的焦慮。儘管討論完後餘味莫名，但那時的憤怒與熱切都像是眞的，只是經過反覆加熱後總會原味流失。

善惡正義可以對焦自己的位置，但從來不是能被誰了解。這個世界被意見包裹成一繭屋，人們在其中反芻著自己的碎念。

衛星愈鎖定就愈孤獨，數據愈分析就愈不會被了解。經年累月累積的深層情緒，如同太空與深海裡的不明垃圾一般，沉默才是集體的潛台詞。

然而在明亮之中明確的孤單，眞的不會化爲一種新時代的惡嗎？

我們現在所消費的，且一再拿來證明自己的書與電影，早已脫離了那物品本身。我們不只是在買一個鍋子，也不只在爭辯一部電影的好壞，而是在反覆驗證購買它所能投射的更好的生活，與更正確的自己。

我們不斷藉著購買、旅行，與各種馬不停蹄的行爲，來投射出更多的自己。

但在這其中，卻又一次次發現內在的浮泛與不如期望。如社群發達以前我們得要跟衆人比較，但我們的關注力如今已不在社會這個大景幕，而專注於藉由物品再重刷了自己。

模仿著買下那些物件的自己，或看完所有影展的自己，但那個被投射的主體，永遠不及自己牆上的影子大，自己遂成爲自身的勁敵，永遠不耐與自己共處多些時分。

每一日都在自我表述，甚至聽人無謂的表述。如同《寄生上流》裡被人拿來拿去的「假山石」（它是什麼並不重要，它的無用能彰顯更高階級），如同《燃燒烈愛》中那個表明要「忘記這裡沒有橘子」的海美，包括她也被虛化了。物品爲我們說了太多，我們甚至以此來辨別他人。

被拍下與剪輯過的人生，都被當成自我介紹。「有」與「沒有」是這麼地楚河漢界，值得羨慕與跟風的頓時滿滿且隨時下架。然當象徵多采多姿的人生拼貼在許多人的塗鴉牆時，更多的「匱乏感」就隨之而來了。

一個是掛滿贅物的人生，另一個是無法隨風起舞的無資源者。前者過了周期就顯出空蕩，後者的被剝奪感與日俱增。雙方都無法自我滿足。

世界被打造成一個迪士尼樂園的歡樂假象，一種被標價的高昂，我們甚至得附和這份起勁。於是我們發現，不是一起興奮地去迎合，不然就是瀕近散場的寥落，這主題樂園不讓人歇息，除非你耐得住寂寞。

爲何這樣有智慧的動物，卻被困在這種馬戲團的實驗中，讓自己的購買成了一個聽不到回聲的空井；而無法購買的，則在最邊緣的角落，不被取消地就消失。

一粒塵埃因爲風而能飛起來，但被物質固化的世界，連風都沒有。

讓我想起很久以前的日本電影《怒》，一個在炎夏發傳單到口乾舌燥的人，因某婦人從高級住宅區給了他一杯透心涼的檸檬水，他長久以來的憤怒因爲那杯水而爆發。

有一天，如果我們想起這個時代的寂寞，大概就是「我消費故我在」吧，即便秀出一張票根都是一種姿態，我們在巨大的投影前面急忙擺了另一姿勢。

明明這世界看來是用善意裝飾，每一張po出的照片都是「這就是我的人生」這樣剪輯過的歡樂，而對方讀取到的則是背面的荒漠。不知道是他的還是你的，大小黑洞互相吸引與攻擊。

在這個看似充滿歡樂照片、高級品味、聚餐連連、美好衣食、朋友熱絡的粉妝世界裡，我們假設上方有一透風口，飛來一隻蒼蠅，停在那餐點照上，發出抖動的聲響，然後它又飛走了。留下充滿用餐照、宣示旅遊品味照貼在牆上，不知哪一個更像是活著的世界？

明明看見的是善，爲何會是惡的呢？明明一開始要伸張正義，後來演變出的「政治正確」並令人窒息。滿滿拼貼著物件、交際與自我外貌的輻射狀人生，像是假帳號的運轉，誰都可以增生、誰都可以改寫、誰都能夠崇拜。這近看像個喜劇，遠看（如以衛星這般遠的距離）那裡又眞的有「人煙」嗎？

臉書是一條河的流速，
Instagram可能湍急一點。
人在其中，玩著自我膜拜，
但又千篇一律。

來啜一口文青的泡泡吧

曾看到一篇徵室友文，文中非直述該屋的實用性，而是在宣揚他們所過的文青派生活，比如他們會去的文青地點如華山，與他們共同信仰的導演之類等，以此類群。然而分租出去的房間則只給一張看似逼仄蒼白的圖，且那空間租金高達一萬四台幣。

這篇文似在兜售一種文藝的空氣，共享的是一種超乎現實的「空中樓閣」。

那屋坐落之區是小白領的腹地，他們分租的小間像是一個小型的「諾亞方舟」，以牆壁上的電影海報、桌上的藝術復刻、書架上的重點擺放，與拼接過的老飯館椅子，在集體駛向未明的時代當口，他們要找的是一起呼吸一種流浪的氣味的夥伴，但「恍似流浪」的代價卻是莫名高昂的。

知識像張落水的標籤，留下糊糊的墨跡，並剩下一點氣味，被放在一個似是而非的尷尬地帶。如同它們常被放在房地產廣告上一樣尷尬。明明是從布爾喬亞沃土中開的花，但前世今生是全被抹去的，留下了一點稀有分子的驕傲。

看似是有點吉普賽的自由，又加一點文青的資本當肉桂粉，同時以「生活在他方」的姿態，邀人以超乎市價的租金，來與他們共享著精神文化上的奶泡。

這已不是卡夫卡所謂的「飢餓藝術家」的領域，而是一種沾上「飢餓藝術家」的佐料，吞食著傳承流行符號的種種圖像，並以此劃分著與廣大俗世的界線。但那界線仍像是我們小時候用粉筆在書桌上畫的那般不可靠，彷彿一個「我說了算」的薄弱宣言。奶泡呼呼地一吹，下面仍標著一個不知世間疾苦的價錢，喝的人都齒頰發酸。

這則二房東的分租文，兜賣的是一種「這才是自己人」的小聚落空氣。（如果不識高達與楚浮導演，可能跟付不出租金一樣嚴重？）有趣的是，留言板上的意見分成兩方，一是覺得這簡直是社會性牙酸的無病呻吟，另一派則是心境上已髮蒼蒼的文青當成奇聞在讀。

「文青」爲何是種自我的標籤？眞的是較重視精神生活的一群？還是以夢反夢的反抗者？但實則又如此依賴著城市中資本不純的奶水，生著沒有敵方（或有太多假想敵）的氣。

看似反對唯物主義，討厭著上一代的功利形象，但值得討厭的目標又太多了。如同進了大超市，一顆木瓜對上所有消費型態的茫然。萬物可被消費，那麼一個進了超市社會卻不想屬於開架商品的小木瓜，到底要怎麼證明自己不只是貼了「On Sale」貼紙的存在。

小木瓜於是有了焦慮，知道別人或許看出它是個木瓜，但在那樣的消費觀中，在成打的開架世界裡，它想當一個非凡的木瓜。

如此這般，文青慢慢成了某種程度的貶抑詞，文青有著要有別於他背後開架社會的焦慮，這樣他們就必須快速吸收代表知識的符號。然在資訊過多的天空下，原本那些不朽的人與知識都變成軟爛易食的副食品，或是燙過就好的熟食包，尼采、張愛玲等則幻化成滿天的雞湯文。

即便有些焦慮的木瓜不願意，但海量一樣的餵食產線並沒有中斷的意思，木瓜看著別人的腦子被當鵝肝餵，自己也加速貼上或吞食流行的知識項目。

懶人包遂成爲討好文青或類文青的解方，說書這門行業從古代翻身，變成說電影與說任何文本，化爲十分鐘易咀嚼的軟爛，去了雞骨頭等硬道理，看似好懂但又面目全非的營養藥丸。如同滴雞精跟雞是否眞的差距不遠，知識也跟食物一樣，看起來都變成有點像，吃了可緩解一時的飢餓與談資的不足。

這世界讓文青很忙。很少表態或不夠正確的文青，會被其他文青遺忘。非我族類的標準時時在更新。

屬於文青的表態時機又如此頻繁，甚至連當個二房東，都要表態自己的行爲模式是符合文青的。那篇文看似尋找一起追求生活品味的室友，潛台詞卻像是文青焦慮的爆發，要多麼像一個文青，原來是需要其他文青認證的。

像是一個小國度，一個浮光掠影必須自證存在的小國度。但知識的魅力總得要人去浸泡與沉潛，不用刻意跟隨，因處處是知識。

就像小木瓜有了知識後，其實還是木瓜，只是更清楚開架式的世界如何運作，木瓜於是安於木瓜的本色。

那篇貼文像任何一熱門文，只是爲了烘托網路的流速之後又沉下了。臉書是一條河的流速，Instagram 可能湍急一點。人在其中，玩著自我膜拜，但又千篇一律。

那徵室友的文青屋也像幻象中的自戀，難掩它的布爾喬亞未成，波希米亞則是偶爾的香氛。自戀說到底就會像極了他人。它的主人邀請你來作夢，夢到自己的人生都「布希亞化」了，連屋子都好像是個文青，然仍需要一個租客來證明它的只是「好像」而已。

多麼美的投射，有如洋芋片有了百種口味後，袋子裡賣的最多的還是空氣。

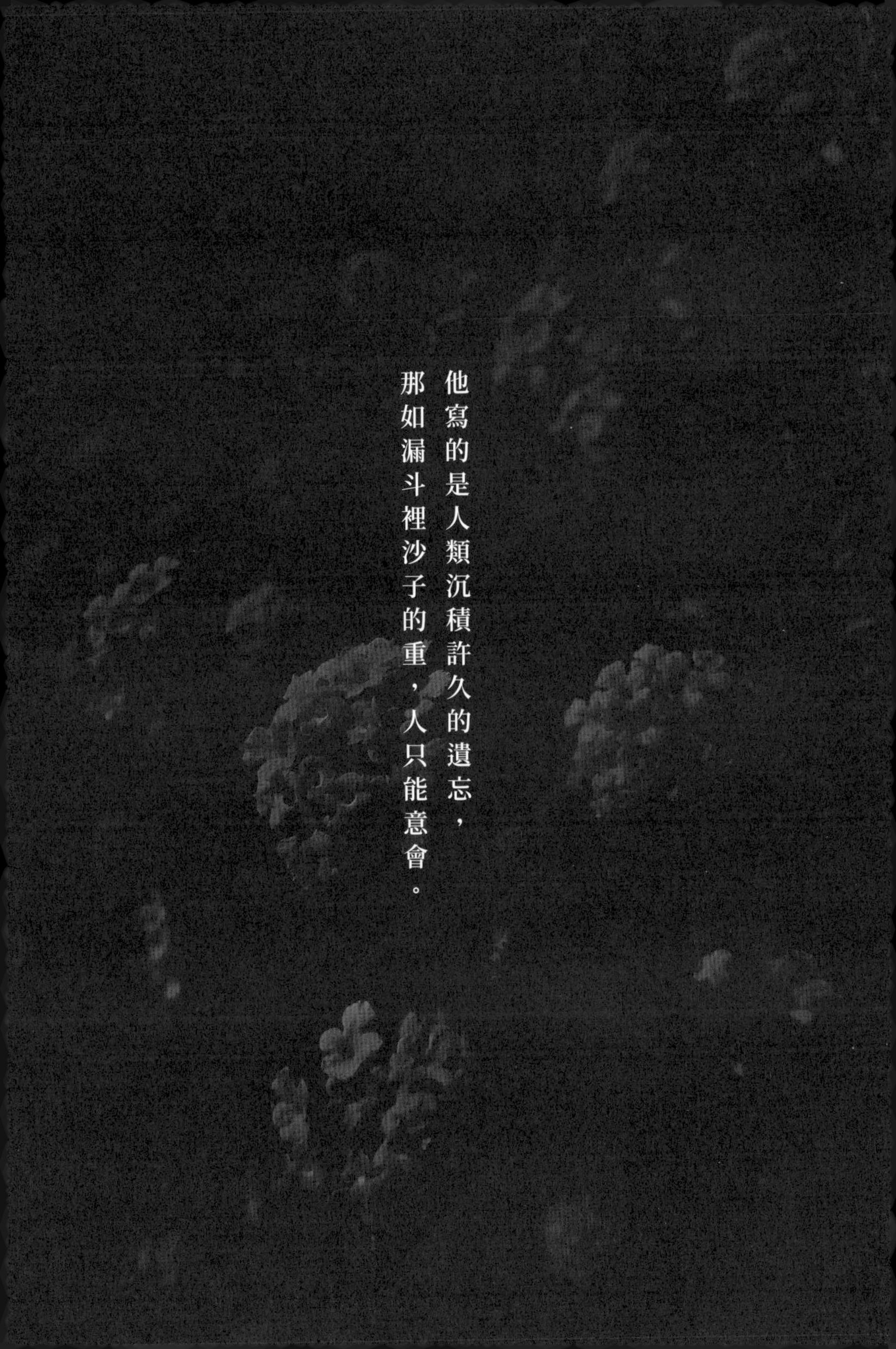

他寫的是人類沉積許久的遺忘，
那如漏斗裡沙子的重，人只能意會。

當盛世終於虛無了，我們在華美的廢墟中再讀村上春樹

當人們吹捧著科技的盛世光景，或是因過於浮泛的方便而感到厭世。我總覺得在這樣刻意重彩的今日，最令人警醒的是精神文明上到處有著就要凋謝的濃烈氣味。人們在其中，感官都被攪糊了，往往一口吃下與聞到的只剩下彩紙的浮誇氣味，於是精神上也浮著泡泡而不明所以了起來，活在此刻卻永遠不在當下的破碎感。

一九九一年，村上春樹的《舞，舞，舞》在台問世，當時他這名字還沒跟文青連上關係。我第一次遇見此書時，它出現在一家燈光偏暗的便利商店的書架上，空氣中飄散著茶葉蛋與各種食材重複加熱的氣味。我讀到第一頁的字句：「常常夢見海豚旅館，夢中我是旅館的一部分（⋯）這裡就是我的人生，我的生活。」它如寶可夢一般，把我吸納了進去。

這般敗破又輕盈的文字，彷彿讓這充滿物質對價世界的寂寞都有處可去了。他以非常輕盈的文字手法（甚至以小黃瓜三明治佐以爵士樂，以及高速機器運作消化成打菁英

的人生），讓我感到每天在繁華幻影中安枕的二十世紀，有著像飄雪重量的寂寞就正要到來。而他所形容的文字工作者又像是鏟雪工，有鏟不完的飄零孤單，必須定時清理，才不被寂寞的速度追趕上，也才能看到人心的地貌是如何。

那是第一次（也或許我見識尚淺），有位作家以寂寞如雪花般的重量重擊到我。彷彿他在那個年頭已經看到，在物質的傾銷與對價中，人會貶值，且人生將緩緩飄落於城市現實之中。我們可以過得如此揮霍，而在彼時與此時，我們也將不足掛齒。

我們打造的盛世，終將像村上的另本早期作品《1973年的彈珠玩具》，那不知爲何發動的重力鋼珠，在跑道上以激越的高潮反覆啟動著，來來回回，鋼珠終究回到原處，如同二十世紀打了嗝一般。

文字中沒有太大的哀傷與痛快，村上似在表述一個事實：我們無人不在跳著一場以爲可以擺脫重力的群舞。

人們在揚起塵灰來忘掉地心引力的同時，又必須接受落地的事實。因爲他的文字是二十世紀的流速，如同一杯咖啡的製造、一場遊行的被淡忘、一個美女走進伊帕內瑪女孩的程式中，是如此輕巧地下載、複製與轉送。彈指間，我們的情感已受不了直球落袋的沉重，也跟著現代文明這場暈眩的轉速，齊齊跳著紅舞鞋的舞，唯一忘掉的是如何停歇，以及停歇後的如何自處。

如同這幾年的疫情，引爆的其實是全球的惶然，因爲我們太久以來爲了遺忘自我而起舞，也爲了怕落單而跳花式。那太多品項可選擇的暈眩，讓我們以爲已經做了選擇。沙特的「存在主義」被這樣的輕快給壓模了；赫拉巴爾的《過於喧囂的孤獨》成爲時代的記憶，一如書中的預言，書這預言一切的東西，將成爲屬於少數靈魂絮語的記憶。

這一切在村上的《舞，舞，舞》，與他更後來在《世界末日與冷酷異境》中都有更眞實的隱喻。如《舞，舞，舞》的海豚旅館儘管裝修爲豪華旅館，但有一層樓如人的記憶隱晦之處，裡面住著「羊男」。村上在此處如導演大衛．林區一樣的手法，並未解讀「羊男」是誰，因在人的潛意識中，引導者應該有不同的形貌與定義。

他讓你走進城市（程式）夢的將醒未醒，「海豚旅館」成爲演算式中獨漏的「眞實」。那層樓明顯仍是改裝前的破舊、地毯已失去彈性，空氣中有著上世紀的霉味。而他身後尚未全關的電梯仍放著輕緩的音樂，甚至仍聞得到那化學香劑的氣味，然就這樣的一瞬間，身後象徵「文明機制」的門關閉了。主角走入他精神的原鄉，聽著羊男（或是本我）跟他說：「只要音樂還響著的時候，總之就繼續跳舞啊（⋯）不可以想爲什麼要跳什麼舞。不可以去想什麼意義。什麼意義是本來就沒有的。」社會的機制一旦啟動了，人就跟著跳舞，可以忘情於其中，或像主角看到這核心是吸走一切的黑洞，他在周圍人追求輕盈之中，突然有了落地的渴望。

《舞，舞，舞》這本書從小處可以看到音樂盒裡的發條娃娃，如主角的朋友五反田擁有名氣與財富，卻讓擁有的這一切吃了他，讓他一點點消失在主角眼前，如彼岸花的盛放，而主角與這周遭事物有關也無關。村上善於從細處描寫人生，不同車款引擎的暢快、可以醉生夢死的物質國度，如浪打在礁石，沖刷著靈魂的頑強。從大處看，我們是這樣七零八落地怕落單般走進二十一世紀，以盛世光景走入全面數據主宰的正午日頭，人被照得稀鬆，自我無藏身之處。

在《世界末日與冷酷異境》裡，時間不再具有意義似的。因人的遺忘，記憶要從頭骨中讀取，人們活在一個「盡頭」的概念裡，只要做好自己能完成的，至於為何要完成，完成了又將如何，都只是存檔在屬於「盡頭」的概念裡。而主角的影子則在另一頭日漸枯萎，像是內在被驅逐。主角的人生如卡夫卡小說中的K，只能去脈絡化地活著，從屬於體制之內。村上書中有一段老智者的話語：「這裡是完全的街。所謂的完全就是應有盡有。不過如果不能有效地理解的話，這裡什麼都沒有。完全的無。」文明發展到極致，科技為神，我們是進化或是退化，全在一念之間，而那一念，可能如朝露般蒸發，也如同過往的記憶存檔在那條不會去哪裡的「盡頭」。

村上春樹這名字被大量廣告拿來運用後，他成爲一個輕飄飄的符號，他紅到讓人可輕蔑他來當作快感，他的名字成爲一種「公共設施」。正如他小說裡所預見的，任何事都可以輕如鴻毛，包括我們的情緒也載浮載沉。

而這樣讓人類輕如鴻毛的機制，正是村上文學裡始終反抗的，即便他也成爲流行。他早年所寫的《麵包店再襲擊》，寫的是現代人精神上吃不飽的餓，周而復始地愈吃愈餓，如精神上有黑洞一樣，也如他常寫的「井」的隱喻，都進入無法想像的另一頭，那裡有一個不太熟悉的自我。這不夜的時代，影子如汪洋生物潛伏，而文明病如《白鯨記》般如影隨形。

他文字的少年感因跟這世界疏離而伴隨著失落悵然。他的得獎作《聽風的歌》有著整潔草坪、無盡夏天，與時間浪擲，每步都是低調的反抗以及與這世界價值在拔河。

這在他後來的《1Q84》中，更以走出邪教的孩子，寧以小數點似的孤絕感，絕緣於世道。他曾說《1Q84》中「父性」是重要主題，「與其說是現實的父親，不如說確立一種對系統、組織般的對抗」。一如他的《尋羊冒險記》對日本當年開戰的質疑，以及以《棄貓》描述他父親被二戰搓磨掉的人生。

這個曾在演講中直言蛋與高牆之間永遠選擇蛋的作家，始終挑戰著牆的各種形式，反覆從柏拉圖的洞穴中出逃。他創作力最旺盛的十年，寫出了《舞，舞，舞》等後資本時代人心荒蕪化的預言，後半生以《1Q84》的兩個月亮作爲最內化的反動。他曾說：「到了我這年齡，連抗爭的對象都不見了。」因「一九八四」全面控制已無所不在，他的小說所對抗的世界機制也處於無盡待續，每個游標點擊的小動作都是數萬人的大風浪。

有人嫌「村上春樹」輕嗎？那是因爲他寫的是人類沉積許久的遺忘，那如漏斗裡沙子的重，人只能意會，卻無法在這「世界盡頭與冷酷異境」中打撈到那被風吹得零落的「眞實」，或許它早已是傳說了。

人生中假戲總有眞做時，
再眞的仍有謊言，人性是瀝不乾的。

女生的女配角情結

或許從小被童話催眠，故事中女生常是被「二分法」的，除了女主角以外，其他都是仿若芸芸眾生的「女配」。這世界對「女配」型的女生是無動於衷的，而她的反應也是習慣了沒人聽到她在說什麼。

某A是一個習慣當「女配」的女生，如同世界跟她隔了一水族箱的距離，她聲嘶力竭地來確認這一切的徒勞。旁人以爲她歇斯底里，她是在跟自己的存在感搏鬥。

還記得電影《誰先愛上他的》中的「劉三蓮」嗎？我始終印象深刻，因爲她是極少數以女配角特質成爲女主角的人。事實上，許多美女也有潛在的「女配角」特質，因爲隨著場域、人際與條件的轉變，「女配」的設定隨時能接住哪一刻即將「不及格」的自己。這是這個世界對女人的暗示，且從來沒有放鬆標準過。

如你我的印象，一般戲劇中的女配角如灰姑娘的姊姊一樣，沒名沒姓也沒人聽她在說什麼，只有女主角講話時，男主角會爲她駐足，因而掌握到發話的權力。

而這樣的女配角在某個故事裡是主角時，讓我們爲終於看清楚了這衆多「劉三蓮」而感到驚喜，因爲這故事裡面並沒有異男的視角，世界再也不會只爲一個女人駐足傾聽，這才有人注意到一旁的劉三蓮，鏡頭的目光像多問了一句「你今天好嗎」。身爲女性的觀衆是高興的，彷彿衆多的「劉三蓮」打開柵欄跑了出來，日子有了輕快一點的可能。

我記得劉三蓮第一次碰到情人宋正遠時，是在一間下班後昏暗的辨公室，旁邊有大量待處理的包裹，她的一身是除去任何錯誤可能性的裝扮，說不上是端莊，反而是爲了掩蓋什麼。她尷尬地隱身在那身無法說明什麼的服裝裡，看著心動對象出現。你幾乎有預感，這女生小時候是會咬指甲的吧。

其實我們生命中每個人都認識一個「劉三蓮」，不斷準備好「除錯」的安分，還有著夢的影子，但只能很淺地引渡到生活裡，小心翼翼地摺疊好自己的心意，不占位置地怕太過受傷，不覺得自己夠好或夠美到多說些什麼，久了以後就習慣順應同儕的話題，比方是最會被聆聽的「星座、血型與男友」，或者更拓展一點如去靈修，或是大家都有興趣的有機食物與點心採購等，她連影子都怕站錯位置似的挪進到一定的腹地。

在她還沒有老到可以「管他一切去死」之前，她習慣當一個女配角一樣地糾正自己。就像表面上是一張乾淨作答的考卷，自己能看到的卻是紅筆畫出的滿江紅。你看著她如此熟悉並曾執著於那用立可白的小心工整，用尺畫線的全然整齊。默默地，你知道她在「安分乖巧才有糖吃」的教育環境中長大，於是她後來爆發式的呼嘯，字句沾黏又沒有重點的宣示，都考驗她前半生對講眞話這件事有多安靜，接近於打撈不出的零星字句，失語在自己的角色中。

因此，幾幕劉三蓮獨處的戲，她都像洩了氣的氣球，失去那吊著木偶的線，情緒全癱在那裡。她不知道自己人生那張塗改過多的考卷，到底還有什麼地方可以再修正的，還可以再塗掉什麼。她幾乎想用原子筆畫亂人生的這整張考卷，但已經不能再重寫。

她說最多的就是連續劇女二最常說的：「我到底做錯了什麼？」這種直接跳到結論的問題，都不會有人回答的。於是她一個人像坐在教室中央，等人再發考卷給她，但她等不到下一個如教鞭般的指令，她彷彿還是一身白衣素服的學生樣，獨自坐在那裡的寒暑無盡。

都已經這麼乖了，都沒眞去想自己要的是什麼了，但還是無法原諒自己。彷彿有人說她哪裡錯了才好過一點。這世上衆多的「三蓮」太辛苦了，她想滿足別人的願望，卻沒有人的願望需要她來滿足，她期待別人對她說聲類似「做得好」的鼓勵，拿到跟他人同樣的獎賞，卻連伸手去拿都無法理直氣壯。

你看到她，想到了「令人討厭的松子」那角色，「可不可以不要討厭我」的回音處處。這樣自認是配角的邊緣恐懼，做了一堆別人不需要她做的事，實在太害怕再被拒絕了。也讓人想到日劇《無法成爲野獸的我們》女主角時時掛在臉上的啦啦隊笑容，被另一個人直言：「她笑得好噁心。」是多麼戰兢，那僵掉的笑臉像是有淚滴的面具，即使這樣還是要笑著保心安。劉三蓮在戲中的每一次笑都是這樣的，求符似的，除了最後結局的釋然之外。

她與阿傑的相遇，一開始認爲對方是偷自己老公的小三，罵了一連串她所聽過罵同志的話，若說她有同志歧視，倒也不盡然。她對性別只有主從概念。她整個人生都沒想過考試卷外規定的答案，她的簷外那一點天空，只夠她許願著一線光的垂青，她連自己身爲一個女人都沒了主意，於是阿傑對她罵著「大嬸」，她罵著阿傑「臭gay」，兩人都活在歧視之中，卻猛踩對方的痛處。

但她不用再評估自己之於對方是「異性」或「被追求者」的價值下，才終於解脫了女配角的宿命，不用再被打分數了。她氣憤但鬆軟於阿傑面前，百無禁忌地開口、張牙舞爪地發洩。

你還記得三蓮第一次覺得自己愛上正遠的表情嗎？當正遠拿出紙箱裡那竹子做的風

鈴，聽到那清脆的聲響，三蓮第一次覺得世上有哪一刻眞是爲她存在的，固然因爲定遠的魅力，另一方面則是那鈴聲清遠，像溫柔的照拂，她眼睛發亮地稀奇著。

她因此在風鈴聲中失神，有一個不用自我評估的存在許可，藉由一點點的樂器聲響，並藉由一點點正遠的說明，她輕輕碰觸這世界，彷彿那之於她是易碎品。你由此知道她是在充滿規訓的世界裡長大，沒有花草的照拂、少了風吹鈴動的瞬間，她從沒有被這些溫柔給接住過；她沒有被無條件地接住過。

因此她兒子表面上非常討厭她，被諮商師點出：「你知道你的討厭是無能爲力嗎？」也是劉三蓮長久以來在兒子面前流露出的都是無能爲力，無論對於兒子的反覆過敏、對丈夫的離家與離世，她都沒有時間好好消化過她的「無能爲力」。當一個以爲必須要怎麼樣才有人喜歡的人，她無能爲力，但卻盡力了。直到沒有人要接收她的重考考卷了，連她兒子都不要，你看她整個人就要飄忽飛走了。

幸好這仍是一個企圖溫柔的故事。阿傑如陷入泥沙的人生；她兒子還黏在人家家裡，讓她只好一把拉住了兒子與阿傑，她自己也才能在一場克難而眞情的舞台劇中從自己的戲裡醒了過來。「難道全部都是假的嗎？」關於正遠對她的感情，她這麼問諮商師，慢慢地她才知道，人生中假戲總有眞做時，再眞的仍有謊言，人性是瀝不乾的。

「劉三蓮」應該是個樣板人物，但你到處看得到她。她的故事通常是不足掛齒，但這故事裡的劉三蓮，少了異男視角的皮相評分，公主們這次澈底缺席。她代替了許許多多女生在這二分法的世界裡，破涕爲笑了。

我們在膨脹的文明氣球之中，
循環無聊的飽嗝。

這世上爲何有「無來由的惡」？

網路是黏答答的，這是它在我內心的意象。大約是因爲它的「一次性使用」。它看似像抽取式衛生紙一樣無限量，是世界一再「更新」的潔白，同時無限地產出，佈滿我們的世界。

但無論你在其中寫過多少句有料的名言，或是你曾在那裡按下了多少次的祝福與R. I. P.，這世界上都有一個抽水馬桶的機制，將它沖去你不知道的地方。所有有用的都近似無用，所有你在那裡標下斬釘截鐵的重要，也都會像是這宇宙的一塊鼻涕屎，明顯已經結成固狀了，卻還是一個「無法存取」。

我們如今創造了一個非常具象且扎實的「無」。雖然我們在裡面沸沸揚揚，但那種熱鬧讓人感到心虛，像是紅包領了，除夕也過了，那夜還夾雜著點興奮，但你知道它跟其他天並沒有什麼不同。

我們在裡面也交了很多朋友，寂寞時對話框裡總還有一紅燈在閃，像是一幽暗街道裡有一家小七燈閃著，你雖不想買任何東西但也進去了。

這樣一條進化道路，無論它帶來多少人脈，還是會讓活生生的人感到自己碰觸的是機械化的本質。人生被開機了，那裡就永遠有費茲傑羅撲不到的綠光。

然無論是欲望還是寂寞，在其中都是粉塵。人因為它的「輕盈」而感到可喜，但同時又感到生命的陀飛輪正在吃掉自己的人生。

於是口耳相傳又似是而非的「金句」變得很重要，它如同外送的半溫餐盒，吃著我們記憶中滾燙的味道，像人生的關鍵字，囫圇了再說，讓它慢慢存成了一句廢話、存成了一冷凍保鮮物，也存成了內心淤積的泥沙河。

它看似讓我們沒花什麼成本，如果不深究人生是否如抽取式衛生紙，以及我們百萬舉手按讚的手勢是否像凡事節慶化之外。

我們的確把自己活得愈來愈像所謂「幸福」了，「幸福」可以被看到了。雖然它有隔夜餐盒的味道。

然這麼美好的障眼法，慢慢出現了副作用。我常覺得今日「拖延症」會如此盛行，除了內心的泥沙已有重量外，更因我們所感受到的網路時間早已超過實際的「時間」了。於是我們開始不覺地閃神，我們賴在時間隙縫中放空到我們忘記了時間的存在，慢慢地現實中的「時間」像結石一樣卡在那裡成爲愧罪感，因爲自責而滯留在荒野的中途上。

但商業魔法有海妖的呼喚，於是我們又跟著集體起身往前走了，走到那個比「集體按讚」還更遠的世界。雖然我們的寂寞因登網而紓緩，但刻不容緩的是我們不是「0」就是「100」的落單感。

我們被製造出了一個新需求——「下一步你就要落單了」，我們的自由是每一天有近十個「是」或「否」可以選。我們選擇空前的多，但每一種都指向你將落單與否。

包括對網路意見的自我審查。那核心已不是你相信什麼，而是「我跟別人相信的怎麼不一樣」。「落單」像衛生紙囤積現象一般，它的存在雖是實質的，但增值的是它的提醒。

因爲落單的預設值增加，人類今日連方向感都迷失了。

表面上是那麼美好的時代，「幸福」有那麼多的展示方式，我們有時已跟不上，寧可落單哭著。我在遠方似有聽到這樣的哭聲，然在這「0」就是「100」的世界競價裡，不時吃到別人的一嘴空泛、嚼著他人的正義口香糖、抓著有力人士丟給你的球，都伴隨著速度。我們必須像莽原上的動物一樣警醒著。

所有的跟風與群化都那麼相似於威廉．高汀《蒼蠅王》小說中的生態——跟從，求生，與無聊都同時增生著。跟著別人群舞就能獲得掌聲，這樣的社群風氣換來了輕蔑。也像是《蒼蠅王》裡荒島上的小孩因無聊而殺死蟲子一般，我們在膨脹的文明氣球之中，循環無聊的飽嗝。

但那不是精神上的飽足，而是愈喝愈渴的飲料，我們滿食著便利的「無」，原本重要的都在歸檔中。「無聊」這個黑洞遂成爲這世界的主角，你丟給它他人生活的獵奇度、對各種事件的過度審判、無端移情他人的憤怒、與棉花糖一般膨脹的八卦。

如此渴望更刺激的，如同在沙漠中拿沙當水一般地介入他人之事、沒來由地征伐一個陌生人，彷彿對方只是一掛網的符號。我們樂於這樣的「入戲」，因當下情緒是如此澎湃，與生活的麻木相生相長，衍生出莽原的獸性，與自己這個物種無價值的虛無感。

我們撕咬著，以誠實爲名，我們被有效馴化，同時也更野蠻。

或許在這世界之外有人清醒，還有人欣賞餘暉，也有人偶然見到浩瀚天空時想伸出雙手擁抱，心知那才是人類久違的「歸屬」，但這念頭常一閃而逝，因爲體制根生在登入之後，主宰我們的價值。數字世界讓我們成了「生存」大於「生活」的動物。

然我們仍記得自己像快忘記什麼，有時急得內在文明病發作，如同籠中鳥突然想念天空。但多數時候我們仍看到許多人帶著他們標示爲無聊的粉色大象進入了「新世界」，因而耍廢與過勞是如此像雙胞，不知要證明哪一種的無更接近無。

曾流行過的韓劇《黑暗榮耀》雖是齣劇情不合理的復仇爽劇，但其中有一點很眞實：我們文明到了今日，並沒有眞的保存過去的智慧之光，只有一味地競逐，成了叢林法則的信徒。在此前提，「文明」常常晚到了一步。隨著社群的自我展示與剝削，人在彼此眼中也正在貶值，這成了獨特的「現代之惡」，這也是集體的無意識。很自然的，我們就活進了莽原式的「惡意」之中，不知哪裡正埋伏著憤怒。

人要當心自己的許願啊，我們有了科技的阿拉丁神燈，讓這遙遠的寓言又從洪荒吹過來，颼的一陣，像一句嘲笑，細細聽來，啊！原來是一聲嗚咽啊。

人生要丟失了什麼，
你才知道它對你人生下了定錨的力量。

關於人生的出發、遺憾與成全

有個故事訴說了人雖孤單仍能感受到愛，這故事叫《神隱少女》。「神隱」是自我的頓感消失，或是重要的人事物與自己的錯過，然在這樣無依的「神隱」時刻，如雲遮住了光，而你要如何相信自己有度過這段時期的能力。

這部作品跨越了時間，因它像明月之於不同人有不同的感悟，但感悟很隱私，無論是誰會解讀了它，或超譯了它，都無損於它與你的私密連結。

我想，這就是「經典」的意義吧，關於它的解讀這麼多，但沒有一個人會給你所謂「月光」之於你的「正確答案」，給予過度具象的答案簡直是種褻瀆，這有如用十分鐘來解謎《老人與海》中的魚對主角來講是怎樣的執念，也有如《大亨小傳》中綠光之於每個人是如何的一步之遙一般，人生不能給予如此簡單粗暴的答案。

我記得《神隱少女》的某一版海報。畫面裡的千尋獨自一人，水下的倒影才有白龍、無臉男、小玲、鍋爐爺爺與湯婆婆等人，彷彿訴說著「成長」的根源。儘管在過程中會遇到許多人，甚至如白龍這樣重要的人，但「成長」還是必須獨自完成的事。

也因此很多人到老都無法「成長」，因他也活在那水底的倒影裡，無法走出去。結局是千尋回望隧道口，那裡像什麼都有，也經歷了未知，我們人生中某個階段也有光線未明的「隧道」。它可能是恐懼，也是另一個開展。

千尋一開始的人設耐人尋味，是個被都市養得易感到乏味的人。她在電影的開頭，即便是自己的畢業也百般聊賴，對手上的花無感；與父母的對談是虛應的，彷彿他們都倦懶地等著外界再餵食他們更刺激的事物。

那車內的無聊滿漲著，我們並不陌生。都市人習慣刺激也習慣麻木，這樣的周而復始，好像對自己的人生也是「打卡」般地進行著。

若要勸厭世者這人生有什麼值得好活？片中這三人還眞回答不出來，「無聊」是這家庭裡的「成員」，愈無聊他們就愈做無謂的事。千尋父母沒禮貌地闖入私人用地，重點不在禮貌，而在於他們的無聊如此喧囂，以至於要如揮開蚊蠅一樣地揮走本質性的虛無，促使他們有著上了發條似的衝動。

於是千尋父母的吃相也不在於他們的食欲，而在於他們習慣向外抓取的內在空洞。

千尋父母夠饞的身教方式相對於湯婆婆壓榨式的企業管理，構成了整個故事的立體。因為兩邊我們都不陌生。都市裡提供的商品並不是為了讓人滿足，而是提醒人多有缺憾。千尋自入了妖怪溫泉鄉，看似危險，但也是脫離「父母」世界的開始。

在父母的保護下，我們容易看爸媽所看到的，也沿襲了上一代的觀點，那真的是我們想看到的嗎？每一代的「新世界」不會跟上一代完全相同。於是一向主張「不要被大人的世界觀」吃掉的宮崎駿，讓我們看到了比鄰的世界，那是連天然之物，包括河神，都被壓榨成為「腐爛神」的世界。我們的世界何嘗不是如此，人類破壞了北極後，就想要破壞另外一個星球。

無論湯婆婆那種黑心老闆，或是變成豬的千尋父母，抑或是那些煤炭球與巨嬰，都是我們萬象世界的投影。而千尋的「失去名字」，到為白龍找到了名字，這是她第一次接觸到愛的本質。不管是否是愛情，她從此對這世界有了羈絆。

愛是儘管日後失去了，羈絆仍在的深刻體會。那體會足足讓你跟這世界有了連結，甚至失去「白龍」後，還有找回他的意志——就是延續所愛的人曾出現過的人生。白龍所謂的「再相遇」，可能是不滅的遺憾，也相對是種成全。

人生要丟失了什麼，你才知道它對你人生下了定錨的力量。

這對照組是鍋爐爺爺與錢婆婆，這是故事的隱線。錢婆婆是壞老闆湯婆婆的姊妹，但她避開那被奴化的世界，過著自己的寧靜生活。故事到後來才知與鍋爐爺爺是舊識。鍋爐爺爺雖然在「世界工廠」（如今的世道）做事，但他有著自主的心智，守著他的一方天地，用他的方式保護著千尋與小煤炭，是體制內的自主者。

多年後鍋爐爺爺能一下子就找到那陳年車票給千尋，且記得必須經過多少站能抵達，那就是份惦念。對他而言，「錢婆婆」是超越距離的存在，守著的不忘。

這部電影不告訴你白龍說的「再遇見」會是什麼形式，也沒有告訴人千尋出了隧道後是否逐漸變成像她爸媽那樣「心靈餓著的人」。但它留下了一個愛的尾巴，千尋的愛曾照亮那血汗工廠的人心，無論她是否能帶著這份禮物活成真正的大人，或懂得愛是根本的成長。

這故事奇幻，但跟所有的好故事一樣都在說「愛」。愛可能是分離的旅程，但讓千尋記起名字的，不只是因白龍的叮嚀，而是她因此跟這世界開始有了關係，有如白龍與千尋在逆風曾牢牢接住過彼此。

輯五

那些物換星移，
只是恰恰發生

沒有比黃昏的絢爛更能證明活過的種種，
且更能無畏地走入黑夜。

短如黃昏，卻更像永恆

人總把人生分成幸與不幸，竭盡心力避免所有「不幸」，有人因此一輩子焦慮著，偶有僥倖，卻旋即又被更大的畏懼感給追上。你在旁看著，就算知道那人過的是幸運的人生，但往往不甚磊落清爽。

幾乎人都有的顧忌、畏懼，彼此大約都能瞧得出來，人性就這樣揉搓出來這些髒髒的皮屑，掂著自己有幾分重的忐忑來賭自己的人生。位高權重者更是有幾分忘形就暗裡多生出幾分膽怯。這樣的人，好像他們抽到一把好籤，人生有了保險似的，但他們做出來的往往是最恐懼之人才會做的事。

人在追求幸運，但往往以恐懼作燃煤。

然而，卻有一個人叫井口清兵衛，是個位階低下的武士，在幕府的末期，武士的風光不再。家有失智老母、妻子過勞早逝，他靠微薄酬勞養活一家，應該是個比誰都不幸的人，但卻活得坦然，即使被形容成是「像黃昏一樣乏力的武士」，但更有活著的姿態。

他明擺著就是過早被拖入中年危機的人，以現在的用語，就是他工作的產業疾速萎縮，人生又陷入長照危機，小孩又還小。景況就如夕陽歪斜，但他人是直挺著，像新生的蒼綠稻秧，有空氣就吸、有陽光就曬，活得純粹。他貌似沒尊嚴，但唯獨他活出了人的尊嚴。

電影《黃昏清兵衛》表面上講的是悲劇，但你不難過，因爲他沒有讓人覺得不幸。你觀影時，會感覺這人活得「乾淨」。事實上他是演一個沒錢也沒時間去澡堂的人，衣服襤褸，身上散發疏於打理的臭味，但那顆心乾淨得稀有，讓這人沒有跟命運討零錢的猥瑣氣——那是每日洗澡都無助於事的髒膩，但清兵衛是打從心裡不妄求的乾淨。

這角色是眞田廣之演的，當時在戲院的最小廳院放映。散場時，一對老夫婦跟我一起進電梯，他們說：「這部在電視上就看過，但看大銀幕還是很驚訝怎麼演得這麼好？」的確，這角色不好演，若演一個自苦的悲劇人物，他口裡的台詞會爲你說明一切，但這位黃昏先生所說的台詞都是瑣事，沒有怨懟。他只有在被藩主派去殺無辜的人時，表情出現道德掙扎。

其餘時候，他太習慣了人生的重擔，如同牛馬駝物又能平靜吃草。你知道他習慣了什麼，從頭到尾他沒覺得他不該受到這些待遇，命運輾不平他，眞正的「高貴」於是出現。你看著若想哭，不是爲了清兵衛，而是爲了正在計較的自己有多卑微。

這不是什麼英雄片，也非在描述一個聖人，而是他的一種生活態度。清兵衛也不是沒想幸福過，從小就想著要娶傾慕的鄰居女孩朋江，但家境不好，錯過彼此。被主子派去殺一流武士，也怕得很，擔心無法再回家照料家人。當時他把許久沒拿出來的短刀磨著，在破曉之前苦練，沒有勝負心的他，爲求生盡最大努力。

成爲低級武士前，他不是沒實力。電影透露了幾分他劍術師承大師，也曾在教場中擔任教頭，劍術高明。但他兩次與人對決都出於無奈。且一次用的是竹棍，最後搏生命時才取出了小太刀，因爲象徵武士尊嚴的刀早爲了籌妻子的喪葬費賣掉。這樣反著驗證武士精神的鋪陳，無論手持什麼，他人劍是合一的，他心中有劍術這門功夫，但寧可種田或被人譏笑，也不願意亮出眞功夫。

一方面，當時的武士之道早已日落西山，不合時宜；二來，他有劍術卻無殺意，這樣掩其鋒芒的人，不能被藩主所重用。因此你在最後決鬥時看到了兩個武士是對照也是呼應。一個受藩主重用且有殺伐之氣，清兵衛一度想放走對方，但該武士一看到清兵衛拿著小太刀來應戰，以爲輕視了武士之儀，而開始刀刀狠戾，終至被他最看重的刀器卡在天花板上，落敗死亡。

無論是遵從武士榮光的人，還是像清兵衛嶄露了高超劍法仍不改那落拓的德性，終究在那幕府時代的變局中都犧牲了。價值的物換星移，只是剛剛好發生在他們的時代裡，但價值觀的改變也發生在當今中年人身上。

是以黃昏清兵衛的人生觀並不過時，就如他與友人釣魚，友人一直釣不到，清兵衛說「那是因爲你太想釣到的心」。那些緊抓不放的，終會在一個時機點上離開了你。每個人都會迎來自己的「黃昏」，屆時以爲是對的，並想以此控制他人的，都像愚行一樣終會歸零。這很像是漫畫《浪人劍客》第三十七集中，宮本武藏教村民練劍，他似打了禪機但說得實在：「你們拿著不屬於自己身體的東西，心想不能放開於是握得更用力，這樣一來，不是砍別人，只是束縛住了你自己。」也因此，那與清兵衛決鬥的武士，臨終最後的話是：「好暗，是黃昏啊。」

這很像人的中年寫照。尤其男人的辛苦在於成年後仍必須時時晾出自己有什麼籌碼，這晾是緊握，愈到中年握得愈緊，彷彿那是他人衡量自己的一切，而黃昏清兵衛是反照，人們笑他本來就是「黃昏」，但沒有比黃昏的絢爛更能證明活過的種種，且更能無畏地走入黑夜。

這是一個乾淨人帶出的一個乾淨故事。故事以清兵衛女兒的回憶結尾：「人說我父親不幸，但以我看來，我父親是個幸運的人。」

無所求，也無失落，上戰場前的最後三年娶了朋江是意外的欣喜。一生求清簡，像黃昏一樣無懼，沒有白天與黑夜的預定與追索，只有那盡其所能的光輝雲彩。這又令人想起《浪人劍客》的另一句話：「如果認定自己的性命只屬於自己，那麼生命的確不具有任何價值。」

武士精神何解？幸與不幸又何解？「日出」若有無限可能，那麼「黃昏」的一生則是每一刻都有即將「返家」的幸福。

這城市好像什麼都有，
但是就沒有盡頭，
琴鍵上的世界卻是無限的。

趁年輕時還能做的選擇——我看電影《海上鋼琴師》

我曾見過1900，在他還是海上的傳奇的時候。那時我跟朋友擠在平民艙裡，一心想擠到美利堅圖個工作。日子飄飄蕩蕩，我與友人衣角都破了，也沒什麼衣服換洗。因爲不是頭等艙的上等人，我們每天只能分配到又冷又乾的燕麥粥，過一天是一天。

但消息總會傳到我們這層的死老百姓耳中。這船上有個不世出的鋼琴天才，聽說那些有錢人很愛聽他彈琴，但砸重金讓他下船到平地演奏他都不肯，要聽他演奏，還得要到這船上來聽。

當時我跟我那窮到都發出臭味的朋友安迪感到不可思議。既然是彈鋼琴，到哪裡彈不是都一樣。「驕傲個什麼？」當時我們只有這個念頭。何況還是個一出生就被丟在這客輪上的棄嬰，連戶口都沒有的人。原諒我們這麼粗暴地思量一個人，因爲我們從沒感受到命運對我們溫柔過。

終於，在某一天爲那些上流人士清理大廳垃圾過後，趁機聽了一下那人的演奏。看著一圈圈的人圍著他，並不期待他有多神，心想那些人也不過圖個新鮮吧。我音樂素養不好，沒聽過幾首曲子，或許他是有才華的，但我被吸引的不是他彈得如何，而是他那種眞的很享受在彈鋼琴的樣子，好像周遭有沒有人圍著他喝采都無所謂，他可以在自己的世界裡彈得很開心。他的世界好像很大啊！當我這麼跟安迪說，他說我在說什麼瞎話。

那鋼琴鍵是他的世界，彷若與旁人都無關。「原來熱愛一件事是這樣嗎？」我幾乎有點感動了，以前的我以爲人都只有幸運跟不幸運之分，我則是沒機會的那端。

「是不是只有有才華的人，才能這樣深愛一件事？」我嘟囔了一下，安迪提醒我：「你搞錯順序了，是只有努力過的人，才知道才華有多重要。」

總之，1900的存在重擊我心，不是因爲音樂有多偉大，而是快樂變得純粹。多年後每當再想起這人，我總淚濕眼眶，這是不是就是傳說的赤子之心？一個我打小就被磨光的東西，在那人的身上閃閃發亮。

他有幾件事，我一直記得，讓我覺得這個不算有名字的傢伙，活得卻比我們還眞實。

一般來講，人很重視自己的名字，以後成功或失敗都會讓這幾個字變得不平凡。但那些東西好像與他都無關。聽說他自小待在船上，「社會」對他來講是不成立的，我有時在想，這會不會是讓他所見人與事都屬一時限定的原因。他會用一種不評斷人的眼光來看你，我爲他這種眼神感動過。在他的眼神中，我好像剛從娘胎裡蹦出來，可以什麼都是、也可以不用是什麼的解脫感。

但有一次，他的眼神是不同的。某一天我掃地完，見他們要爲他錄音，似乎有想把他捧紅的計畫，但似乎也與他無關，因我發現他只留神窗外那個有雀斑的女孩。

我順著他的眼神望去，那女孩有些迷惘，跟我們一樣一身粗布，等著未來把她的不確定給接走。但他看她的角度不同，如同正經歷難以形容的神奇時刻。他把她的神韻彈奏出來，像是讚歎又像是傾心。那女孩最美的一刻被他記錄下來，像一棵樹欣喜於一隻鳥的歌唱，但她卻不知道。那時間不長，大約十分鐘，但我卻記了一輩子，如果以後有人跟我說愛情是什麼，我覺得沒有哪一刻比那時更像是愛情。

那個極有可能的錯過，與忘記周遭的瞬間，而 1900 卻沒有任何後續動作，只爲了一次的折服彈出了永恆。

愛情在我們世俗觀裡有各種詮釋，但 1900 讓我知道，我們僅僅是被它降伏就夠了。自然，後面的事情你們都知道了，有人要把這客輪炸掉，或許在這新時代，「浪費」是不需要理由的。我那時已經下船打工了，陸續聽到 1900 不肯下船的事情。

然後就聽說他跟那船一起離開世上，他一生都沒下過船。人們都說他奇怪，也有人目睹他一身革履，做好了準備，但下船到一半，駐足了半刻，毅然決定回到那無人的船艙。那是他選擇一生將要怎麼過的關鍵時刻吧。

而我只記得有一天早上，大海上仍有濃霧，我當日正感嘆有掃不完的前晚狼藉，看到1900就睡在鋼琴旁邊。難得看到剛醒的他，忍不住問了：「快到岸了，你爲何不跟我們下船，你可以有更好的人生。」他看看我，轉頭看隱約的陸地，似乎在想什麼是「更好的人生」。

我一直在想，他準備好要下船的那一刻在想什麼，當他看到繁華的城市的第一眼又在想什麼，爲何不像我們這樣欣喜，以爲自此海闊天空。他這一生追求的是什麼，爲何與他人反向走。

很久以後，我才聽說炸船前夕，他的好友曾去找他，要他下船。他說：「我看這城市好像什麼都有，但是就沒有盡頭，琴鍵上的世界卻是無限的。」

一直到我很老時，才知道他說的是什麼。

人生其實只有一個座標，是人在體會到有限後，才可能創造出自己的無限。

但外在世界卻沒有盡頭，終歸會淪爲小我的浮沉。罕有人能倖免於後者，即使是天才也會被淹沒。這是我後來看到費茲傑羅的故事才想到的領悟。沒有盡頭的城市才是隨波逐流啊！

到現在我還會聽到那時大西洋的海濤聲，與他綿延不絕的琴聲，然後跟我的孫子說：「這世界看起來很大，而人很小，但正好相反。夢想並不是爲旁人而做，而是在夢想裡，你的世界可以很大，趁你還年輕也來得及時，去體會人是可以這樣自由的。」他似乎沒在聽，這都是很後來的事了，這世界一如你我所認識的，大得可以吃人，人類因此愈活愈小。

那天 1900 下船時在想什麼？是我之於這世界，還是這世界之於我是什麼？爲何我後來沒有想到過後者？愚鈍如我，此時才終於潸然淚下。

輯六

在自己與另一種可能之間

不是每次掉淚都是珍珠，
那不會宣之於口，訴之於淚的，
往往顆顆分明地掉在心裡。
心底的毛毛雨往往才是現實。

「張愛玲」是我的抗體

我不是一個典型的女生。應該說，我有意識以來就在反抗著所有的理所當然，但其原因我幼年時並不知道，現在也不見得多明瞭。

這樣的反抗，也稱不上叛逆，因爲近乎是下意識地想反問：「爲什麼？」但我本人看來乖巧，乍看有如熊貓一般說不上有什麼個性。我慶幸自己生來有一張方便僞裝的臉，想「消失」時，我的臉也不會引起注意，這讓我心安。

如果不想被觀看，或許眞的能如空氣一樣存在也不一定。

我稱不上開朗，也不到自帶烏雲，但笑容的確是我從青春期開始就有意識地裁剪過了的，倒不是爲了虛僞，而是想讓人「看不到」我。以適當的笑容，及不太走心地說聲「好」，這樣看起來就會跟行道樹差不多了。

或者可以這麼說：我雖渴盼女權有進步，但對於女生作爲「觀賞動物」這樣的社會設定是半死心的。於是當好友很嫻熟地說「女生會被看到只有兩種情形，一種是漂亮，不然就是很聰明」，我當下也笑了，就跟莽原上的動物對生態必須有的直覺是一樣的。
這個世界始終不是公平的（當然還是要爭取相對的）。但對從小看日漫與推理小說的我來說，與其生氣，不如來研究社會生態是更有趣的事情。畢竟身而爲人能選擇的項目不多。

我有一雙渴睡的穴居眼，或許是對人太好奇了，想了解社會的風吹草動如何影響我們這個物種的集體改變。就像太宰治在《人間失格》所不解的：人看似是和善的動物，爲何卻隨時都可以做出如牛一個甩尾就拍死牛虻的動作。

我有時對於人類的殘酷不理解，並非是自己善良，而是難以想像我們真的輕易埋單了社會交給我們的價值標準，甚至無意識地做了殘忍的事情。

我對人因從衆而變成千面人好奇，甚至感到悲傷。因此實在無法親近人群。但我爲何明明保持距離了，甚至包含對在群體中的那個「我」，但還是會悲傷呢？

我少女時期四周充滿了「瓊瑤」，聽到的看到的都是「瓊瑤」的延伸物，四周都是爲女生打造的粉紅泡泡。我甚至懷疑國家是否對女生有什麼陰謀，要我們早點增產報國。

當時電視機裡的女主角總是不停地眼淚，我因此下意識產生了排斥感，尤其對於「眼淚」的展示性作用。

那排斥感甚至大到連象徵浪漫、出逃的作家「三毛」，對我來講都是種烈性，想試問是要跑到多遠才到頭呢？爲何屬於我們這性別的表達都這麼有溫度的？

當時還是少女的我如同活在一個保溫杯中，對於粉紅的、溫暖的、浪漫的女孩想像，都像感到肉胎的黏膩感，想要拿一把清火斷開。

即便是現在台灣連參政女性都仍梳著公主頭。女人被高掛的形象仍是一體似的相連到天邊。

當時似乎只有張愛玲是孑然一身地存在於世人眼前，不必以群像相連似的活著。可以說，如果歌壇的瑪丹娜當年以木蘭飛彈造型、腳踩高跟鞋踏在我的經年痛而回魂的話，那麼，張愛玲簡直像一劑精神上的清涼抗體一般，將青春期被粉紅色泡泡、苦情歌，以及女人論斤秤兩賣的眼淚給環繞的我，一把救出了舊世界。

起先，我是藉由作家蕭紅的《呼蘭河傳》中偏遠小鎮的庭院，看到了一個女性在封閉的小鎮上，勇敢地逃婚，即便狼狽半生，仍守著她的書桌，好像「那裡」可以無邊無際。

那時我對三毛的逃（或追尋）有了新的注解，自由可能就在一面桌上，世界上沒有疆界的地方就在能落筆之處。

而張愛玲則是將細節寫到盡，讀人讀到其骨子裡的通透澄澈。人的靈魂處境可能是連主人自己都長年忽視的，如《第一爐香》的香港聲色，所有的氣味與細節，她都將人性裡的隙縫給挑出大把泥垢來。

她眼神之細與利，像在編織凡人皆有的夢一樣，但下針處又透著朽味，讀來卻非常醒神。

如同那朽是來自陳年人性裡的，每一翻頁就是在陽光下一抖，適才她筆下的那些光鮮亮麗，就都生過蟲一樣的，腐朽在你面前。你才認出那就是她偏好寫的那些「不澈底」的人。在大時代裡都活得斟酌，瘋狂也不完全，庸俗得又不甘心。

《傾城之戀》裡的戀情，看似終於有個好結果，但也是斟酌過的。就像張愛玲自己寫的：「因之柳原與流蘇的結局，雖然多少是健康的，仍然是庸俗；就事論事，他們也只能如此。」

那時同學們愛用的書籤總寫著：「為這我在佛前求了五百年，求祂讓我們結一段塵緣。」到了張愛玲這裡則是對門的男女碰了面，那男的站定，說了句：「噢，你也在這裡嗎？」兩人站了一會兒，就各自走開了。女方後來被人口販子拐了，多年後又再想起這事情，常說起那春天的晚上，那後門的桃樹下，與那年輕人。

她將這篇名為「愛」，對我而言，卻比書籤上那用力求神的溫度，更有衝擊力，或許就是如此遺憾，也這麼自然地錯過，於我更像是體貼了人生。

也就是她這枝筆，把原本那些塞在我心裡的街頭巷尾的濫情、無嘴貓玩偶曾流行的粉粉大海、唱得淒婉悲催的苦命腔，都給擠了出來。讓我理解眞正的淒清是什麼，而人生中會莫名走入的荒境又是如何。

不是每次掉淚都是珍珠，那不會宣之於口，訴之於淚的，往往顆顆分明地掉在心裡。心底的毛毛雨往往才是現實。

我看八點檔大戲不輕易哭，我以爲我心冷，但看到太宰治寫道「搞笑是我對這個世界最後的求歡」，我心震動了一下。我一直想不錯眼地看著這世界究竟發生了什麼事。我想記下像葛薇龍一樣會心懷僥倖，以爲跳著同步的舞就安全，靈魂卻在吶喊著什麼的人後來怎麼樣了。

而張愛玲她早就不錯眼地看著人世。那些被時代輾壓，愛與恨都不澈底，心頭總是窩著一根針的人們。如果那樣的不錯眼都不是以一點恨意來掩飾的「愛」，我也不知道那是什麼了。

她是我少女時代的終於解脫。第一次發現，即便感到跟同類這麼疏離，即便像太宰一樣難以理解人類的殘忍，但也有她這樣的方式，不別開眼看著誰都無辜、可是誰也都不單純的這個世界。想因爲她而持之以恆地看下去，直到我能默默地接受自己的「心頭細雨」爲止。

誰不是在自己夢裡較真，
又誰不是在自己現實中裝睡？

在張國榮之後，誰能讓我們看到生之徒勞，卻又非徒然之美？

這是個時代的眼淚會蒸發的年代，如今講誰，都似風一陣吹過。唯獨只有「張國榮」例外，彷彿他離開得愈久，此人就像朵彼岸花開得愈盛豔。記憶愈不牢靠，愈顯得他的身影濃烈。我們是本能性地拉住了這個人。

許多人不分世代都喊了他「哥哥」。倒不是裝熟，只是在這不確定的年代，且世道比塵埃還低，人們下意識喊著他，以爲藉此能抓住「美」的衣角。

「張國榮」的美這時像是傳說了，他演繹的美，讓人有驚鴻之感。

因他演的哀傷是本質性的。人生無論過得如何，總有一個在明面，另一個惶惶，他讓兩面都給觀衆看到了——人這動物的靈性，與靈性的必然受困。這已不是當今打開平台可以看到的美。

他的角色常有強大缺陷，但那些缺陷與破口處，都因他的氣質與演技，盛開出斑斕。生命有多不圓滿，他就多爲你獻一支舞。他的多個角色像「垂死的天鵝」。人們看他或許一眼萬年，但他看向這世界是一眼看到了盡頭。因此你會想從他的眼神看著是哪裡虛無了。

無論《胭脂扣》、《霸王別姬》，張國榮的角色看這世上都有幾分頑痴，但也有著生命煉過的清冷。他的眼神對人世的餘火未盡，彷彿冰雪天有未熄的柴火。尤其十二少在菸點起的剎那，照出的卻是這角色眼神的無盡黑夜。

他演的幾個經典角色都有著歲月的冷與靜。如《阿飛正傳》中，他與張曼玉經典的「一分鐘朋友」那一幕。那一分鐘之所以讓人倉皇又甜蜜，是因爲他人雖美得花紅柳綠，但他的「青春」被他演得比他身處的閒置空間還要冷。

人說「悲劇」是人生的抗體，眞假間，人有三分醒總靠這抗體。如今你看他的「程蝶衣」、「十二少」，多像藝術本身了。他經手的角色無分是否悲劇收尾，完結的都是成全；一路跟自己對話，且跟自己較眞的過程。

因此張國榮演的角色，無論對手戲是誰，中間都隔了一個「自己」，這樣的層次讓寂寞有了餘韻。以「十二少」而言，他雖跟如花愛得轟烈，但十二少的愛眞的比死還冷。那是一隻金絲雀的孤獨。如花雖是只有今朝，十二少的人生更是擺在那裡天荒地老的死。

他離不開富貴的陳腐氣，「如花」是他的一線天，儘管他對那一線天是認眞的，但他對自己人生是嘲笑的。

十二少每吸一口鴉片、每唱段戲、每躺在被上軟語，都是在唱著金絲雀的絕望。所以這角色如夢一般地美也致命，美在本質是哀悼，那人的芳華是大片的夕陽，就放在那軟糜地爛著。

一隻鳥戴著鐵鍊唱情歌，從頭到尾，十二少的靈魂都是朦的，朦到只剩拖磨。人說他渣，他是靈魂乾死了。張國榮演十二少就是一個「活著的標本」，蝶翼還在顫的標本；他同時也是那根釘，又是破碎的蝶翼，怎不美得驚人。

而張國榮演的「程蝶衣」，是一朝醒來已成了「歷史」的幽魂，左右都只能活成了自己的戲中人。對照外界的黑暗，只能將人生當戲，將其對調了，才能給自己一個圓。張國榮演的蝶衣，在人生與世道都背對他時，他以一託身成全了自己，他的對手戲是自己。蝶衣活出自己的影，就不怕沒有天。

人生死活與明滅，不是在起點或是結束，而是在自己與另一種可能之間，誰不是在自己夢裡較眞，又誰不是在自己現實中裝睡？

張國榮將這點演到盡，因此他的戲如舞者一樣，充滿掙扎與荊棘共存。精神上總有天鵝的纖細，演著人對自己一定是無數次的失望與無數次的自救。

他跟梁朝偉都有這樣的特質，即便與他人對戲，他們的另一個潛在仍活躍著，如同《紅樓夢》的甄寶玉與賈寶玉，也如一般人總有一個在影子裡的，也有一個在光裡的。如此他們能深刻於表象中，將哀樂一體，演活了不堪便造就了藝術。

張國榮的現象，似乎也是體現我們人生早已經沒有能消化悲傷的從容。在他之後，人們總是快轉戲劇的因果，習慣了簡化千絲萬縷，而他的身影就這樣從容地走了出去。直到我們忘了他，或忘記我們這樣紀念他其實是爲了想記得「從容」的不再。

如魔性般坦然，也有如菩薩般平靜。

她讓我看到了一個「女人」的眞正樣子，

彷彿盤古開天以來就理當是如此。

似妖魔也似菩薩的臉，「陸小芬」所能幻化的……

有些美得不可方物之人難以超越其外表，所以我們終需要一個看似平凡，且能超越皮相左右的人。

多數豔星一閃即逝，還要承受世人的有色眼光。但台灣曾有一個「陸小芬」，她改寫了台灣女星的歷史。當年我們並不知道這樣的非典型女主角有什麼價值。直到多年後，她是女明星之中唯一沒人能夠對她指手畫腳的人（這對女生來講有多不容易。女生無論美醜都被評比，除非她活得幾近「消失」）。

但當年陸小芬曾是「千夫所指」的女性代表，最早既不是閨秀類型，也非賢淑小鎮女，而是以一種異樣的生命力，演出了脫離男性眼界與想像的人。

幾十年後，再度在大銀幕上看到了影星「陸小芬」的臉。當然會想到她後期得到影后的模樣，一個在《看海的日子》、《桂花巷》裡將自己坐成了「歲月」模樣的女人。

那時候我看到的她，是如同一白淨石膏像。一直到許鞍華執導的《客途秋恨》還是有幾分這種感覺。那白淨圓盤的臉，總是梳整好的頭髮，幾分如佛的淡定，又幾分似妖魔的隱現，在大把大把時間都花在等待的「女性角色」之中，像是要渡化什麼人，卻一不小心站起來自己就成了「泥菩薩」的女人。

彷彿一個時代的女性代表，坐成了望夫崖，或是根本沒在等什麼（甚至忘記在等什麼了的女人）。

那時候的女人角色都有一種不知何時才等到了頭的感覺。但陸小芬有種土性，且是很強大的泥土味道，像泥塑的人，還有點可以滋養萬物的土腥氣。這點感覺在台灣影壇上是少有的。台灣永遠流行纖細易碎的美。沒有像她這樣一團泥菩薩般，隨時等著孕育什麼，或重塑成什麼的可折騰。

好像突然之間有個不是「女友」類型，也不能說是母親類型可投射的存在，這般看似真吃過苦的女人，突然出現在銀幕上曾經那麼違和。

畢竟那時候的銀幕還是珍稀的，大家周六要去看電影是重要的事，能在銀幕上的人都不是跟你「過日子」的人，而是可望不可及之人。如中秋節時的月亮你總是要把它當成稀有，才沒事一堆人坐在那裡吃月餅。

但她東看西看，無論美貌與演技都脫不了她的「日子」味。你幾乎可以透過銀幕聞到衣袖淡淡的肥皂味，或是日子的擦痕還在她眼角。她不是被精養過的人，也不讓你能藉由她幻想更好人生的女人。

在台灣影史上，她是獨一份例外的。楊惠姍會演過苦日子的人，但無論再會演與再增肥，她在人的觀望下，仍是一個閨秀將被獵奇的犧牲。

而陸小芬算是當時少女們都無法想像的明星類型，甚至她在《上海社會檔案》中企圖往胸部插上的那一刀，驚悚度簡直快要突破那個畫面，等於在「肉海經濟」中做了一個把自己「身體」奪回的宣示動作。有一個女人以蠻橫之力戳破了白領社會的羊水一般，霎時間紅遍大街小巷，且是家長想要蒙住女學生雙眼似的「火紅程度」，讓由「二秦二林」打造出的幻覺世界裡，終於有了能破繭的「活物」感。

當時打造的校園片、愛情片與民歌帶起的一派清新，總讓人覺得女人是存在於她的身分裡，像是被栽植的，需定期培養的。

女星還是得要爲她的父兄階級而標示著清楚的樣貌。但這一切都像演的，都是群化且馴化過的。美或不美，甚至刻意的叛逆、割破牛仔褲之類的宣言，都在那方格大小的位置做有資本爲後盾的小擦撞。

只有陸小芬像野生野長的，一個不屬於「美式客廳」想像的人，讓衛道者紛紛走避，又讓羶色腥的雜誌尾隨。當時的她被媒體渲染得彷彿只有一個胸部在我們上空，人們的兩極反應，彷彿她自帶一種威脅。

因陸小芬的裸露並不像是男性雜誌中的裸體女模，必須挑逗或是咬著嘴唇做地位上的性暗示。她是大方袒露的，好像原本是天地萬物之一。

她莫名地讓當時還在念高中的我有一種懵懂的初醒，終於有女人在男人視角下卻不爲取悅的裸露，她那種姿態幾分像是大地之母。

她的出現與後來的消失，都留下一個問號給我。因在她之後，女體還是「充公」的概念，使她「空前絕後」。包括她的後期身體演出的形貌，頗有畫家雷驤幾筆勾勒出的營生味。

也因此我多年後看《本日公休》時，又重溫了她可以自行取消男人眼光的自然。她的肢體演出的一切都是鬆鬆的。在她身上的時間感，不同於實境秀的眞人，你我久違地看到一個人眞正安身立命的樣子。

在《本日公休》中，無論所拍的產業或是陸小芬演的理髮師阿蕊，都有著黃昏之感。但其中的「黃昏」反而是因她沒有辜負白日而顯得充實飽滿。

片名取得滿貼切，「本日公休」中，阿蕊前往遠方爲一個重病老客戶剪髮，那一天她對生命採取了主動（這也是國片中較少見到的女性特質。國片女人角色常是被墮胎、被迫等待、被犧牲等）。

她爲老客戶剪髮時，也知道這些人終將消逝，而阿蕊那時將哭未哭的表情並非只是爲了老客戶，而是她經年累月所習慣的「失去」。

我想，人與物的「失去」是年過四十五的人都得習慣的事，流淚太過驚天動地了，反而因阿蕊每一次下刀都不枉費，使得床榻上的老人的一生也不枉費一般。

國片裡終於有一個能活得不慌不忙且不委屈的女人了，而且令人慶幸的是陸小芬的回歸。

多年後她仍然能取消他者的觀看，如魔性般坦然，也有如菩薩般平靜。她讓我看到了一個「女人」的眞正樣子，彷彿盤古開天以來就理當是如此。

活著本身，

就是對自己難忘的人的一本情書。

曾經，有一種青春叫「柏原崇」

柏原崇在電影《情書》中飾演藤井樹時，不見得是你看過最好看的年輕人，但正因那幾秒的風動窗簾，讓你是看不清楚他的，你難以藉雙眼完全捕捉他的美好，你卻知道正錯過什麼，好像是人們說的陽光撫過樹梢，或微風接近枝枒的輕顫。你知道就要錯過了一場眉目如畫，那景中人即將離去，而令人感傷的是，身爲觀衆的你知道，「他」將永遠不可能從那一幕離開了。

他會走到生命中的下一刻，之後像什麼都沒發生，他可以再演很多好戲，但他難以超越那一刻。

這一幕好的是，你並非把他當作偶像，也不是此生最驚豔，但你體會到了青春鳥即將掙脫的苦楚，就像一個左外野手，在九局下半仍等不到一個夠高的高飛球，然而等到了，它就只有一瞬。青春就是這樣預習了再預習，直到你措手不及地失去。

那一幕，就是你偶遇某個人一生最美時刻的「被降伏」。你以爲是詩，你卻載重不了。你以爲能再現，卻終究是不可能。

原來青春是粗礪的，一碰到就知道疼痛與失去的必然。只有那一瞬，青春可以很純粹，且不隸屬於誰的姿態走過你身邊，與你無關，無法口語傳述。那就是一種「駕臨」了，在人生的濁重之上。人們總來不及，即使再美的人都追不上那一刻——「青春」的一閃即逝。

那一幕可以獨立存在，也可以串聯整個故事，柏原崇演的角色，是兩個主角人生的精采注腳，成爲她們想念或追憶的對象。藉由他出現的吉光片羽，對照出兩個女生的人生。一個與他同名，被他暗戀著。另一個則是他的戀人，在他死後還在探詢他的線索。因爲他的戲分不多，我們只能從兩個女生對他回憶的斷簡殘篇中，拼湊出他的個性與樣貌。

但再怎麼拼湊都會缺角，他在這故事裡的時序來回，都是留有一點遺憾的。在電影中，他比在日劇裡更接近素顏，略顯青澀的表情，偶爾抬頭偷看著整理書的另一個女生藤井樹，這時午後的光照不到他，你以爲是一抹青影。

而他在電影中的存在也像是這樣，最後到女生樹家送書並且從此告別的身影，少年是鼓起勇氣的。鏡頭捕捉的是當年還稚嫩的柏原崇，臉上沒有太多的演員技巧，幾乎眞像個普通的學生，尚不自覺自己有身好皮相的緊張。他的一段無法口頭告白的告別，與他總是坐在教室角落的身影一樣，像靜物般的美好，但有著各種心頭的煞車痕，那交書時的慎重與微紅的雙頰，你不知是天凍了還是少年終於知道愁滋味了。

男版藤井樹這個角色設定太特別，因爲是活在他人回憶裡的不明確，讓這角色分外模糊但具有分量。由女生藤井樹追憶起來，他像是教室的一格風景、一雙多說了什麼的眼神、永遠乾淨的白襯衫、圍著厚重圍巾從雪中走來的笑顏。他每每出現都像是時間，清淡如水。除了同學開玩笑湊對時的微嗔。你會發現他在女生藤井樹的信中，是那樣一轉身就會失去的美好，不見得是喜歡，但他的確如你偶遇學校合唱團練習時，或是目睹誰在練習三分球時，偶爾會覺得校園真美好的那一刻。

人曾有單純到連外表都讓人感到乾淨的一刻，一如柏原崇在窗邊的身影，以及那一閃即逝的戀慕眼神。

而他的女友博子，不同於女生藤井樹描寫的他，是時間如水都沖不走的純眞。博子一直在追尋那個以前她還不認識的藤井樹，好像還可以用這樣的打聽，忽視他已死去的事實。

中山美穗分飾的博子與藤井樹，都在體現生活的庸忙打理，心事仍如大雪般落下的日子。成年人就是不斷地失去，你得要定期勤鏟雪，無論心裡的還是外在的，包括女生藤井樹失去父親的傷痛與博子的失去愛人，怎麼樣定時清掃著內心，雪還是一直緩落。失去不會是大哭大笑，就是大雪不斷緩落，而你必須不停地往前走，去接受總有鏟不乾淨的雪、接受自己的來時路一步步終究會被淹沒。活著就是這麼費力，而活著本身，就是對自己難忘的人的一本情書。

無論是博子對男生藤井樹的難以忘懷，還是女生的樹後來發現她收到的那本書裡面有男孩樹多年前的告白，呼應著那本書名《追憶逝水年華》。兩個女生都記住了那男孩的美好年華，一如我們記得他那般風塵僕僕，一路上像下了多少次決心一樣鄭重地獻上了夾著告白信的書。

日本影壇，有兩個人會讓人記得青春的樣貌。一是蒼井優，她在《花與愛麗絲》的一段學生裙芭蕾舞，雙腳彈起了所有塵灰，配著窗外斜陽，讓我們啞然想起了自己的無邪。另一個神奇瞬間的演繹者就是柏原崇，他演了一個看似不那麼真實的角色，卻樸素得如同青春的華麗登場，不自覺地隨著風動心也動，你遂揚起了微笑，就是這樣的一刻，讓人願意把一生活成了情書。

一首首舉重若輕的告別，
如一飄然手勢與遠離的淡影，
我們的憤怒與空虛
會如此一拳打在社會的棉花糖上。

小清新落在盛世中的重量

〈旅行的意義〉這首歌曾無限次行駛在告別的路上，遠颺著九〇年代那幾絲愁苦混著甜香的威士忌青春。那個年代連愁緒都沒什麼重量，彷彿我們眞活在最好的時代，卻帶著同床異夢的違和感。

陳綺貞與她的〈旅行的意義〉就是那般同床異夢的囈語，是對人也對群體的出走。這首歌算是「小清新」時代的代表。即便物換星移，有人覺得小清新風潮有點強說愁，或是認爲那是台灣青年缺乏狼性的原因，但都無法忽視曾有過「小清新」這樣的文化現象。

「小清新」並非沒有重量的強說愁，而是在那集體好夢正酣的時空中，任何的愁思太直白了反顯得不知足。唯有以景物喻事，才能讓那些潛在的懷疑與反抗，有了見縫插針的出口。

無論是陳綺貞的白衣、她所帶領的安全帽時尚、她輕盈又夾點粗粒子的歌聲，讓人乍聽之下，彷彿生命正值炎夏。她摩托車駛離的背影，讓青春好似沒盡頭的海岸線，卻有著樹上知了的朝生夕死感。她溫柔地唱著撕裂，讓那些日常就如碎紙花，誰也沒能在裡面天真，是連此刻的悲傷都留不住的片段反芻。

歌中的晴空萬里，讓人的憂傷留不住，於是輕飄飄地走了，顯示了那時年輕人衝撞的空落落。

在「厭世潮」之前，「小清新」就已是持續隱然發炎的抗體，來化解憂鬱的長河。終究後來因大量淤積給堵了回來，人們才在今日猛然拆穿盛世的假象。

在那首歌當紅的年代，人們還迷戀著所謂的「後青春期」。我們的青春劇帶著憨傻與無謂；我們的流行樂追想著過去的純真。一如樂團五月天始終不能留鬍子，必須擁有幾分學生樣一般。我們當時簡直渴望著各種流行如海潮一樣來洗掉長大後揮之不去的不潔淨感。彷彿是這世界染髒了我們，我們藉著流行歌的不斷傷逝與再出發，即使中年了仍周而復始，讓生命永遠有點夏季的亮度。

那時人們還會迷戀名人開的書單，留戀某些書店的環保袋與自己肩膀上的白色帆布袋。那時在我們面前，世界還沒完全猙獰變臉。六、七年級依循上一代的規則，八年級生還可以跟著走一回，但我們知道自己在將亂未亂的當口。

固然對老世界的商業遊戲不滿，只能藉由宮藤官九郎寫的《寬鬆世代又怎樣》對外界保持著盡量的距離與客套，在不能說no的氣氛中，盡可能理順自己的呆毛。那時候年輕人集體都沒有足夠的聲量權，偶爾聽聽陳綺貞，想像一下不被人探知的格格不入，並成爲一個對他人無傷大雅的發炎體。

那時，「大人」真像個負面的名詞，甚至是一大片的烏壓壓，讓已經變成大人的都想往反向跑。跑到陳綺貞，或者是五月天那裡，成爲一個披著「好孩子」面貌的叛逆者。

屬於那時候的回憶都是被馴化過的，能代表我們的藝人都帶著妥貼的笑容。終於，剛出道的「張懸」可以不用笑了，她的歌聲表情有著禮貌的隔閡。我們開始藉著喜歡這些初代文青女神的姿態來跟這世界畫出界線。

尤其在陳綺貞的演唱會中，不論多老的「孩子」，都在那裡以安全帽，以那人人會唱的〈吉他手〉，像黑夜裡仍存在的〈太陽〉，在那時那地回返著青春。有如好多年，人們次次都想去五月天演唱會，他們仍代表著可以不變成「大人」的成人，像保障著青春這朵雨雲可以永遠徘徊在上空。

那時候，我們仍不敢活得不嚮往「成功」，但對上一代的價值觀已沒有歸屬。陳綺貞的歌都有一種遠颺的氣氛，她的衣衫永遠輕飄，彷彿隨時可以出走。她的歌聲稚嫩，有點能刺痛人的小純真。如今回想起來，「小清新」對許多人來講是種相對於濁世的最後掙扎，是陷落的六、七年級悶在肚子裡的吶喊。

然而那樣的時代也過去了，所有的不認同已畫下楚河漢界，已經不需要誰爲年輕人代言青春。這世界的情懷像條布被擰得夠乾了，除非復刻過去且不是過去，讓它像已成標本一樣供人欣賞，如王心凌的復活是重現「過去」。這世界並沒有再共同對抗的事。大家關注自己的螢幕，每個螢幕是一台戲，我們沒有什麼好集體打抗體的事情，甚至準確來講，也沒有時間。

我們的時間被細細格放了，知道有什麼被碎片化的亮晶晶，但情感隨網路如此綿綿但又瞬間蒸發。「青春」再也不用舉大旗對抗濁世，沒有那麼浪漫的東西。濁世與舊的遊戲規則就像個失控的樂園，青春還原成是「病毒」也是「抗體」。

想來，當時「小清新」也不是沒有憂鬱的，他們在唱的都是籠子，雖然清新，但「青春」就是一首歌的朝生夕死，沒有什麼悲壯感，就是一個摺頁的硬度卡在人生裡。

而陳綺貞以一首首舉重若輕的告別，如一飄然手勢與遠離的淡影，讓我們知道大約有十年時間，我們的憤怒與空虛會如此一拳打在社會的棉花糖上，並需由這些清新反覆完成自我世界的純淨。

然後，撲通一聲，混了一點泥水，我們都到了下一紀元。

那個永遠需要觀眾的人，
被關進房間後，就自成了「鬼屋」，
無法獨處。

爲何你明明存在，卻感覺「消失」了呢？

我常覺得，喜歡恐怖片的人大約都跟我一樣，心中住了一個膽小鬼。

我們有時需要另一個時空，像被挾持去了一個記憶中很熟悉的地方。比方還有印象的國中校園，或是曾走過千百次的街道，甚至你看過也會忘記的地方。那個「世界」很像你平常活動的場域，那裡的一切可能都還照常進行中，但唯獨你在一線之隔的「某處」迷失了，或被忘記了。

這很像是曾經對哪個環境適應不良，或曾有社恐經驗的人很熟悉的事情。只是在生活中能化險爲夷的，在恐怖片中卻成爲一密閉的時空。

也可能在某個假日公園，或整理得很完善的社區、一切明亮的超市，但只有一個元素不對，似乎不屬於我們有條不紊的文明，哪怕只是一小點，都像駭入了這都市的假象之中，或只有你被錯置了。

史蒂芬．金的故事之所以可以無限延展，甚至成爲其他恐怖片的養分，是因爲不知哪裡來的孤絕感是人人都有的。都市所有的東西都像是爲「視而不見」而產生的，包括人的本身都在流水線之中。一旦被看到了「哪裡不對勁」，你都覺得這偌大的設定可能只出了自己這個大bug，於是你不想被發現，跟角色一樣想「躲」起來。但城市生來就是一個除錯系統的設定，它總有一天會發現你。

包括你的不合時宜，還是你的其實不能適應，都成了一個明確且遲早的「落單者」。就算非史蒂芬．金的創作，《13號星期五》到《鬼水怪談》也延續著這個主軸，除了青春是大片收割的意象，也有著個人可能落單的恐慌。

且在「消失」之後，外在世界還正常如昔，那失蹤者只剩下一種模糊的概念。如史蒂芬．金電影裡常有的「失蹤少年尋人啟事」，總釘在多風的巷口，薄薄的一張隨時就要被吹走了。這比後來鬼怪出現還要恐怖，我們在群體之中，其實有一種可能不被接受的假設，因此我們下意識都在模仿那群化的模樣。

史蒂芬．金等於破解了成長以後假裝像某一群人的公式。如電影《1408》表面上是自媒體探訪了某間出名鬧鬼房間，但在那裡，總有什麼不均衡的東西，無論陳舊的布置，還是不能理解的畫，最重要的是多了一個想證明自己的人。那個永遠需要觀衆的人，被關進房間後，就自成了「鬼屋」，無法獨處。

而我們現在很流行說的「社會性的消失」，常被用在極權國家的控制手段，同時也發生在我們將自己栽種其中的「社群」裡，在那裡「消失」是如關燈一樣簡單。史蒂芬．金從多年前就在耕耘這樣明明存在的「消失」——爲何你明明存在，卻感覺像消失了呢？爲何這世界還晴空萬里，卻唯獨對主角變臉呢？

像《魔女嘉莉》，它潛藏著就是一雙一直火眼金睛看著少女的身體，監管她們、期望她們、塑造她們的社會之眼。於是少女的「群像」總是無限繁衍的，讓少女在成長期有著特別的焦慮。而嘉莉有不合乎群衆審美的外貌，代罪了其他女生對身體的恥感。

史蒂芬．金寫出了對少女無所不在的赤裸裸視線。彷彿「少女」是屬於社會的，她們總被定義爲提前效忠或過早背德，而「嘉莉」則因爲離群，成爲弱勢群的祭品。

瀕臨「消失」不只屬於長期習慣被觀看的女性，同時也是邊緣人的處境。電影《Stand by Me》改編自史蒂芬．金《四季》中的〈屍體〉。展開旅程的四個小孩是社會邊緣家庭的孩子，他們的成長之旅發生在夏天，之後旅程結束，友誼小隊也面臨破裂。這部片是屬於邊緣家庭孩子的恐懼（即使失蹤了，家人也不在意）。「脫隊」是爲求生，無論是去大城市還是混幫。

那夏天的一時限定，既濃烈又漠然。史蒂芬．金筆下的少年多少是破碎與邊緣的，而這是他的半自傳作品。

我記得史蒂芬．金在〈屍體〉中是這樣寫著他與夥伴的感情：「我總覺得如果他也鬆手沉下去了，我也無法離開那裡了。」主述者害怕的「消失」就是跟朋友一直留在那形同被遺忘的鎮上。

史蒂芬．金讓我們看到恐懼根本不是鬼，而是我們集體的恐懼。群化的壓力與盲目，讓恐懼無所不在。

而中年呢？史蒂芬．金筆下的中年人並沒走出自己少年的迷宮。

《鬼店》經典在於它裡面的鬼魂，但都不及傑克的心魔恐怖。那種密閉的回憶攻擊，讓回憶鬼影幢幢，沒有人想到會有導演這樣拍「回憶」。繁華的夏日榮景是冬日的旅館深眠、迷宮似的庭院、地毯的花紋暗示哪裡也去不了、雙胞胎無盡頭的意象、血色電梯只進不出、晚上突然熱鬧的無人酒吧……如此豐富的對照意象，將中年人無法面對的自我攻擊與懷疑一湧而上，把白天還看似好端端的一切給「吞沒」了。

這故事被庫柏力克改編得太好，好到讓史蒂芬．金火大，因爲他小說寫出的家暴童年被掩蓋過去。電影的「美景飯店」之於任何觀眾，都是回憶中最後一朵雪花的壓倒性。

這使得《鬼店》成爲無法取代的中年危機範本。

《刺激1995》溫柔又殘酷，在階級高處摔落的中年人，打回「棋子」的設定，最後他只能以棋盤的遊戲規則進行殺戮。

這故事說明無論高低位的人都有爬不完的「屎洞」，階級永遠大過個人。

《迷霧》則太難拍，怪物一現形就沒意思了。畢竟每個人永遠不知道讓自己害怕的原型是什麼。但超市中意識形態的內亂與外界的大霧很像是我們今日所處的國際局勢，問每個躲在超市中的人外面的「怪物」是什麼，答案都不同，都等待「主宰者」來形塑明面的敵人。

於是史蒂芬．金筆下的正常午後、尋常小鎮，都在告訴你，所謂的「正常」都是被妥妥地隱藏了什麼，而他將其戳出來、拉扯出來，一拉出來就是躲在下水道的「牠」。讓你以爲正常的、別人也以爲是美好的一天，都注定每一種「正常」都存在著「割捨」。

史蒂芬．金跟你訴說著個人跟這世界可能一不小心就有「時差」。舞步都是不知道是誰跟誰結合的「大眾」所設定好的。而你很可能就在那一天，不小心就跟「社會」這舞伴鬆脫了手，直面了在音樂盒裡其實只有你一個人單獨旋轉。

「存在」的究竟是個人的虛相，還是社會共同的迷幻，這就是史蒂芬．金乍然清醒的恐怖，他的恐怖從來關乎存在主義。

尤其在一個和風煦煦，且遠方還有烤肉香，剛剛才與朋友道別的夏日午後。這樣井然有序的世界是許多人的暫存檔，彷彿神打了一個盹，而你醒來不知今夕何夕，所有的「未知」都在那樣的一天之後熊熊醒來。

這世界有時被他拍出物質的暴力性，
飽的是世界，
個人仍然重演著飢餓的記憶。

是不是，我就送你到這裡了？

我常覺得，散步是好友能一起做的最美好的事。

即便每個階段可能走著走著就散了，但在一起講些沒有意義的垃圾話，往往是最有意義的，因爲在那一段路上，每一步都走出了好時光。與必須趕上或與之廝殺的「時間感」不同。

時光是能有背影的、可以倒帶的，也可以回望的。那時的細節可能遺忘，但會記得那天陽光如何，突然殺進來的晚霞又是什麼顏色，而你如同貓伸了懶腰一樣，以爲這樣的日子可以持續很久。

會想起這個，或許是因爲某個曾一起散步的朋友突然消失於生活中。在我們爲他過了五十五歲生日沒多久後，聽說有一晚他突然中風，直到現在還沒醒來。

那個可以一起像貓伸著懶腰，講著一整晚垃圾話都沒關係的人，突然從我們這隊伍走散了。甚至腦中還可以響起他說笑話後每每震天響的魔性笑聲。就在我們自以爲夜未央、還可以續攤暢聊的剎那，你發現與他散步的路不知道還有多長。

人生中能夠悠哉散步的歲月比想像中的短，那個總是理所當然會再見的人，常一個轉角就不見了。

這或許是導演是枝裕和在《海街日記》與《橫山家之味》那麼用心拍家人散步的原因。他鏡頭下的人物常沒有一定要去哪裡，也不爲了創造回憶而出發。前者是那幾個姊妹在父親喪禮後在海邊漫步，後者是有心結的母子走在熟悉的路上。不知爲何這樣閒常的紀錄讓人總感悵惘。

好像是從亙古來的暗示，讓我們這個脫離自然的動物也感受到日子是水。看似有那麼多無聊的細節，與那麼多不勝其擾的小事，但一抬頭看著理所當然的擺設，你會有一種活在預知夢裡的感覺。此刻已經不是當下了吧，消失的不只是周遭的人與事，而是你已不同於上一刻了。

可以說，是枝裕和影像語言總有「慢」這元素存在，彷彿你跟導演都知道，那樣開朗的節慶笑聲，只隔了一窗紙，就已經在道別的前奏中了。

或是你還看著忙於做年夜飯的樹木希林的身影，提醒你這又是一個日常的開始吧，但從此就要錯開來一般。是枝裕和的每一種「慢」都是一種目送；無盡的目送。

如《幻之光》中，江角眞紀子在微潮的榻榻米小室，雖還是夏天的熱度，但藉著昏暗的暮色，只有電風扇轉頭仍在數算著時間。那一幕連人的表情都未明，一天又要過了，等等她就要「正常」地返回燈下的運作。

儘管終究要面臨物是人非，自己卻不可能眞正抽離生命中的某個時刻。甚至因爲那少數的時刻，讓人生終於有了抓地力。

因爲失去了重要的人與物，每天的日子像是爲了精神復健，陽光一醒，夢會吸水一般，每天能叫醒及運作的大約只有三分之一的自己。

僅爲了保持「一切如常」，我們就耗費許多心力。就如同每個中年人爲了「一切如常」死命地鴨子滑水，其實都像吃水太多的船，緩緩感到下沉的力量。

我記得電影《幻之光》中那老舊電風扇轉頭的聲音，與女主角徒留形貌地擱淺在那天午後，沒有勇氣再「出發」的剪影始終停留在那裡。「她」仍等著自己恢復氣力後起身，承認人都有過不去的時間點。

捕捉那個始終留在前一刻的殘影，即是是枝裕和的魔法。無論在《比海還深》、《橫山家之味》還是《海街日記》都有。甚至「太幸福了，是否就要告別了」的預感，都在他電影中蒸餾著。

像是《海街日記》中綾瀨遙飾演的長姊帶著妹妹一起放煙花。那時已接近傍晚，鄉間的空氣透明清亮，鏡頭變成在屋內陰影中的眼睛，看著那正在成爲「回憶」的當下。

他總是能讓當下有了回憶的重量。如《無人知曉的夏日清晨》中，陽光曬得連觀眾都感炙熱，一些糖果紙就這樣分散在角落，皺巴巴的七彩顏色，與髒兮兮的孩子一起被遺忘在都市的角落。畫面讓一點餅乾包裝紙的甜膩味都撲了過來。幾個孩子也穿著像塑膠紙一般鮮亮的衣服，看似這麼年輕，卻在都市的無機清掃中，留下幾近死物的鮮亮。

就是這樣被城市遺忘的一幕，讓人看到了都市總是使著這樣可疑的障眼法，抬眼望去都是它給你富有的暗示，尤其是那時的東京還包裝得像高級的禮物。

這樣爲了讓人感覺美好的地方，卻有著非洲莽原上的生死一瞬。都市是一個令人習慣「消失」的地方。它供養著富裕、新衣與美食氣味，只是會獨獨弱化了「人類」。

並且時不時吞吐著不屬於食物的內在飢餓。我想，都市就是一種「餓」的意象吧。

太過燦爛的欲望紛呈，人心精神都餓著，於是眞正的飢餓者反在那一刻疑幻似眞了起來，彷彿這幾個被母親遺棄的小孩是亂入在這「富裕」的設定裡，活生生地「消失」中。

這世界有時被他拍出物質的暴力性，如《空氣人形》，但飽的是世界，個人仍然重演著飢餓的記憶。

是枝裕和拍都市的時間，就像是流沙，不知都流進什麼大食怪的胃口中。時間同時也變成是矩形的格放，不是倏忽不見就是關住了人的想像。不同於他拍郊區的稀疏人影，人只是一景，一會兒就散了也是自然。

《橫山家之味》的一段散步場景，母子有心結，但說不出也拆不散，前一步，後一腳的，彼此有時差，「回味」於焉產生。

更神奇的是《比海還深》那集合式的老公寓，都更前就是一個恆定的等待，等待著再見與分離。飾演母親的樹木希林那時動作已不靈活了，用湯匙敲著結冰的甜水笑得像永恆的午後，相對於被世道逼得抬不起頭的兒子良多而言，她那裡給的是「時間」的從容。很少人說愛是時間的從容吧。

但這部作品是如此的。她在時守的那盞燈、那小坪公寓，將時間的倉促抽走了，她等在窗台的一幕，剪影出幸福。

儘管萬事多變，但要成爲某個人心中的不變。

是枝裕和以「時間」當成主角的拍法，很像散文，也像散步。像在說：我就送你到這裡了，你以後的每一步，都會有回憶帶給你的力量。

對於那個不能再與我一同散步的朋友，我想他就是這樣想的吧。他昏迷前給我的回憶，就是他深怕我在他的生日趴中沒吃飽，急匆匆把三明治又熱好了拿出來，那時已在大街上的我，看著那熱騰騰的可頌，說了：「快回去吧！還有好多朋友在等你。」他憨笑著，十多年的友誼心照不宣。

我們都喜歡看電影，曾因爲看了《日麗》這樣一部好電影，在戲院門口聊到長春路整條街都暗了下來，然後以散步的節奏，慶祝著這一天沒有枉費。

我們只要一聚首就像「青春」回返了一般，到現在都沒有覺得老友走遠。人生就是這樣與知己的散步，最後自己終於能因此而走完了全程吧。

後記

從想當一個不一樣的女生，到相信自己本來就不一樣

當初讓我開始有了寫作這念頭，是因爲我只有「那裡」可以去吧。這跟一頭豬認定要尋找松露的念頭是一樣的，卻並不是因爲什麼浪漫的因素。

當然，我不太合群，成績也不夠好，但這都不是我這股執念的來源。而是因爲「寫作」這個動作打破了我小世界的大窗戶。

起初，我只是愛偷看長輩書櫃的書（逃避人多又社恐），或是蹲在書店中看閒書，對還懵懂的我來說，只是想藉著閱讀探頭看這個世界。

關鍵的原因可能在童年的我一直就是「路人」的心態，而且還是個經常發呆的路人。我不太關心成績、班上榮耀，或老師喜不喜歡我。但並非由於自卑或自大，而是我啟蒙得很慢，我搞不太清楚這世界跟我有什麼關係，或者他們要我做的事情跟我又有什

麼關係？當時我就像老師眼中的「自閉症」患者，一直抬頭看天空，卻無法好好看我跟團體到底有什麼關係。

這世界吸引我的是什麼？有人比雲更美嗎？我始終搞不清楚這些關係的遠近，甚至可以說人和事都跟雲一樣疏離。

我也不是不煩惱的，這樣從小游離的性子，其實帶給母親很大的麻煩吧。幼稚園有同學叫我呆瓜，老師擔心我發展遲緩，母親則堅定地相信我沒有問題，只是得慢一點才會熟悉這個世界。

或許，我一直覺得「社會」只是來邀舞的，一首歌完畢就剩下尷尬，或者我本身就是壁花，開在一團馬克筆塗鴉的後面。

這樣宛如太空人漂浮、地球上也沒有什麼基地在呼叫的情況，持續到小學畢業，所有語言幾乎經過我口中就脆化了一樣，稀稀落落地成碎屑。因此我很了解三島由紀夫所說「話一出口，語言就不新鮮」的心情。我不知我該跟誰說，或是眞的有什麼要說嗎？

這狀況到我成年後都還是如此。除工作所需外，平常對外掏出語言，總像是要從某一個魔法袋裡才能撈出一些字，先組合排列好，審視過沒有不對，看起來每個字眼都似曾相識，以為排好隊後才將它們說出來。當然如果是突然碰到認識的人，我的語言就會猛地撞到前排一般，連自己都覺得吐出的是些喝醉酒的蝦兵蟹將。

如此活到成年，「壁花設定」仍能走到哪開到哪裡，或許也是因爲我總能藉由「寫作」去到遠方。

甚至我寫到現在，仍然還會風塵僕僕一般跟讀者說：「我剛剛去的那地方眞好啊！我有個新發現，來寫給你們看！」好像發現了什麼寶地，想告訴他人某處有比這社會更好的景觀，也時時想分享這樣的脫逃術。

第一次我發現可以藉由「寫作」前往不知名之地，是在小學二年級的作文課。老師叫我們自由發揮，於是我腦海中浮現了老木橋與河流的風景，彷彿它們彼此作伴了幾十年之久，那裡沒有人煙，與我所在的學校更是遙遠，於是我就寫了它們彼此作伴的故事。

從那時起，我腦中總有一個小人出發旅行，那小人時時可以飛到不是這世界所認知之處，隨著某個人的衣角，或是街角老先生打盹的夢，它就會自行飛走了。因此我總是分神著，習慣看著畫的最角落，讀著別人寫的不起眼的餐具，我看似如此分神，卻又出奇地專心。

我將這祕密小人收疊得很好，試著像一個社會人，但我仍分神著。我讓兩個世界的我並存。

然而我在寫這本書時卻卡關了，兩個世界原本相連的我，好像各自搭了手扶梯錯過了彼此。我在寫這篇文的當下才發現我可能眞有老師說的自閉症，在企圖社會化多年後，仍失去了關鍵的鑰匙。

原來在我的太空人人生中，「休士頓基地」就是我的母親，雖然她重病多年，但「基地」還是在那裡。從小在家暴陰影中，母親就是靠山，懂事之後，我人生中最大志向就是未來能保護我母親。

當時相信著「知識就是力量」，幾乎泡在書店裡讓自己看完名著，像啃字一樣地藉由書的力量，想當一個母親眼中「不一樣的女生」。然而眞的覺得自己可能要不一樣時，母親離世了。這一年多我像丟了鑰匙一樣，無法跟另一個房間的我聯絡，甚至不知失聯的是帶筆的那個我，還是假裝「社會化」的我。

因此，我不能時時再爬牆出去看外面的世界，我像少了一塊零件的人，邊走著邊掉落了大半，因此這本書稿也拖稿了大半年，我不知道將自己關起來的是哪一個我。

我也很少提母喪的事，因爲一要提起，整個人就像跑氣的氣球一樣「咻」的就飛走了，找不到任何基地回送訊息。

直到二〇二二後半年，在家裡整修的另一邊，沙塵不斷飄過來的那剎那，我在一個小方椅上匆匆地打開了電腦，急切地寫下了收在這本書的〈在欲望的人間罐頭裡有雙死魚眼〉的文章，寫下了並不是屬於自己的霸凌故事。

終於，那個拿著筆的自己破門來找我了，讓我想起小二時學會寫作文的那年，也是我最害怕父親怒氣沖沖回家的那一年。結果又再一次，我又被拿著筆的那個我給拯救了。

幼年為躲避家中吵罵聲，曾躲在書店拚命閱讀（想思考出這世界是什麼道理）的我，到多年後至親離開，內心破了個大洞的我，再次地被文字給拯救。無論是能讀進去的還是能寫出來的，我都渴望像某些作家一樣，能誠實地寫出人生的粗礪，並且從粗礪中長出些強悍的溫柔。

就像蚌一直吃沙，終於吐出光亮來。

原來即使心中破了一個大洞，我還是想寫啊。這樣的我，連自己都愣住了，原來想寫的我一直在導航。

也原來我不只想當我母親眼中「不一樣且可以多點自由的女人」，我還想讓不知哪裡漏了氣、心有破洞的人，跟我一起都爬出牆外，回頭興奮地告訴彼此，那些「只有文字看得到」的東西，它可以寫嗅覺、聽覺的深層記憶，它也可以讓看到的都顯露眞實。

它更可以讓曾做對了某一件事的那個自己，產生了自癒的記憶，掉頭回來接住本該長大，卻突然脫力的自己。

我愛讀 118

看似很美，其實是壞掉的

作　　者　　馬欣

社　　長　　陳蕙慧
總 編 輯　　陳瀅如
責任編輯　　陳瀅如
行銷業務　　陳雅雯、趙鴻祐
封面設計　　莊謹銘
內頁排版　　Sunline Design
印　　刷　　前進彩藝有限公司

讀書共和國集團社長　　郭重興
發 行 人　　曾大福

出　　版　　木馬文化事業股份有限公司
發　　行　　遠足文化事業股份有限公司
地　　址　　231023新北市新店區民權路108之4號8樓
電　　話　　02-2218-1417
傳　　眞　　02-8667-1065

客服信箱　　service@bookrep.com.tw
客服專線　　0800-221-029
郵撥帳號　　19588272木馬文化事業股份有限公司
法律顧問　　華洋法律事務所　蘇文生律師

初版一刷　　2023年5月
初版二刷　　2023年6月
定　　價　　NT$380

ISBN　　978-626-314-408-8（平裝）
978-626-314-410-1（EPUB）　978-626-314-405-7（PDF）

國家圖書館出版品預行編目（CIP）資料

看似很美,其實是壞掉的/馬欣作. -- 初版. -- 新北市 :木馬文化事業股份有限公司出版 : 遠足文化事業股份有限公司發行, 2023.05　面 ; 公分. -- (我愛讀 ; 118)
ISBN 978-626-314-408-8(平裝)

863.4　　112004308